考える糧 叢書〈書くことで作者を理解し、作品を深く味わい分かち合う楽しみ〉

平林香織

書いて読み解く「紫式部」―クリティカル・ライティングによる『源氏物語』『紫式部日記』―

書いて読み解く「紫式部」○目次

凡例

1　古典文学作品の引用は、特別にことわったもの以外は、新編日本古典文学全集（小学館）所収の本文によった。ただし、「ゝ」「〳〵」などの繰り返し記号は、仮名文字に改めた。

2　読解の助けとするために、古典文学作品の原文には、著者による口語訳を補った。

はじめに

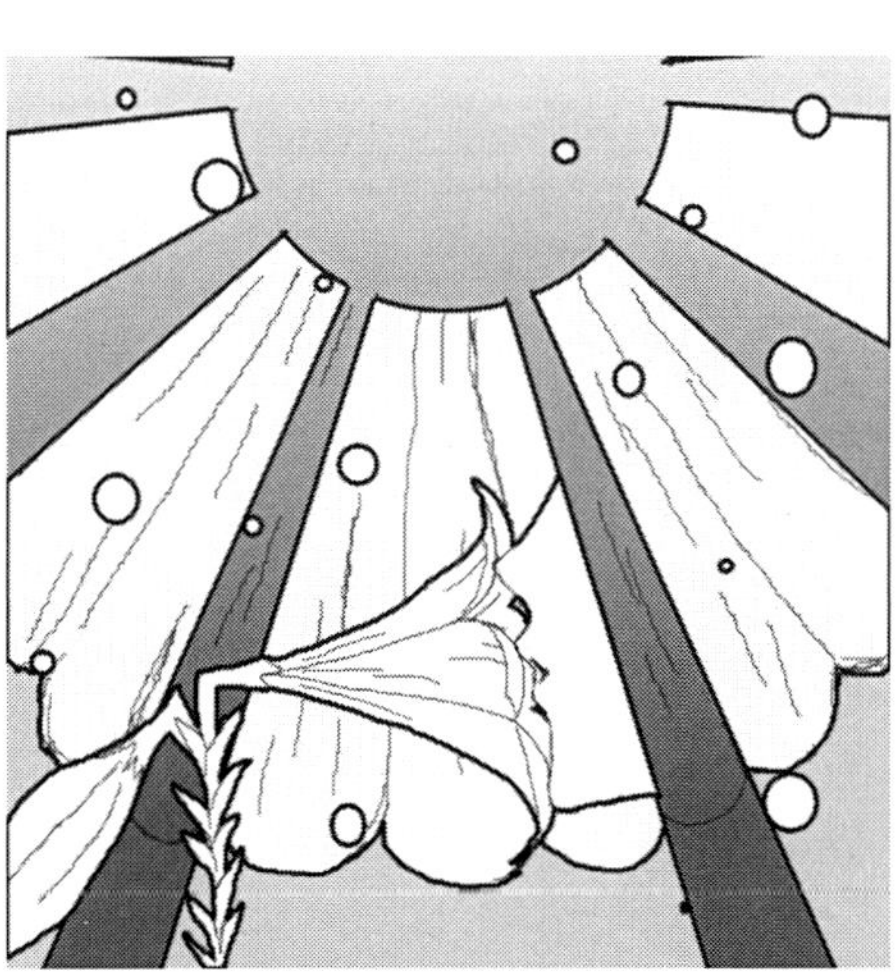

1．紫式部について

本書は『源氏物語』と『紫式部日記』を扱う。『源氏物語』と紫式部の生のことばを対照させることによって、紫式部が何を見て、何を感じ、何を考えたか、ということを読み解こう。

「紫式部」という語は、今は固有名詞として、つまり、『源氏物語』の作者名として扱われている。しかし、当時の彼女の本名ではない。「式部」というのは父・藤原為時《ふじわらためとき》の官職名・式部丞《しきぶのじょう》に由来し、「紫」というのは、当時、「紫文（むらさきぶみ・しぶん）」とも呼ばれた『源氏物語』の作者であることを意味する。

「紫」が、光源氏が生涯をかけて愛した紫の上（幼名・若紫）の名前に由来することはいうまでもない。また、母の名は、桐壺更衣《きりつぼのこうい》、母の面影を見て憧れた義母の名が藤壺女御《ふじつぼのにょうご》である。桐壺も藤壺もそれぞれが宮中で暮らした部屋の名前に由来する呼称である。桐壺で暮らす更衣の身分の女性、藤壺で暮らす女御の身分の女性を意味し、固有名詞ではない。桐の花も藤の花も、その色は紫である。「紫のゆかり」の女性たちが登場することから『源氏物語』の作者も「紫」式部と呼ばれた。ニックネームのようなものだ。『源氏物語』が書かれる前は、別の呼称があったはずだ。

紫式部の生没年も不明で、伝記的なこととしては、父が藤原為時ということ、夫が藤原宣孝《のぶたか》で、結婚して三年後ぐらいの長保三年（一〇〇一）に亡くなっていること、宣孝との間に娘（大弐三位《だいにのさんみ》）がいたことぐらいしかわかっていない。彼女の伝記においてもっとも重要なことは、一条天皇の中宮彰子《しょうし》に仕える宮仕え女房だったことだ。

『源氏物語』は、夫が亡くなってすぐの頃から書き始めたとされる。五四帖からなり、日本文学史上最長にして最高の物語といえる。光源氏の生誕を描く「桐壺」の巻から、光源氏の死を暗示する「幻」の巻までの正編四一帖と、光源氏の子孫である薫《かおる》と匂宮《におうのみや》を描く続編一三帖で構成される。

わたしたちは、紫式部が残した『源氏物語』と『紫式部日記』、また、彼女の和歌を集めた家集である『紫式部集』から、彼女の人生や考えについて知ることしかできない。

本書では、『紫式部日記』と並行して読むことによって、『源氏物語』に何を描こうとしたのかという彼女の思いに光を当てる。

『紫式部日記』は寛弘五年（一〇〇八）の秋から同七年（一〇一〇）の正月にいたる期間のことを記す。回想録と宛先不明の手紙の文面からなる。彰子が待望の皇子を出産する前後の描写から起筆される。彰子と父・藤原道長にとっては栄華の絶頂のころである。華やかな祝賀のムードは、『源氏物語』における光源氏の誕生や冷泉帝の誕生の場面とは対比的なものでもある。

『紫式部日記』と『源氏物語』を対比させるために、本書では、『源氏物語』の正編の前半部部分、「桐壺」の巻から「花宴《はなのえん》」までを扱う。光源氏が生まれ、さまざまな出会いと別れを経験しながら成長し、栄耀栄華を獲得していく部分である。若紫を見出して引き取り、藤壺と不義を犯して懊悩し、兄・朱雀帝の寵愛を受けていた朧月夜《おぼろづきよ》と一夜を共にしてしまう。そのことが発覚し、光源氏が須磨・明石への流謫を余儀なくされる直前までである。

『紫式部日記』から読み取ることのできる紫式部の観察力と洞察力、美意識や批評意識、そして求道精神を確認したうえで、『源氏物語』の世界に立ち返るならば、『源氏物語』を読み解くための新たな地平が拓かれるはずである。

ところで、一二四〇年ごろ成立した藤原信実《のぶざね》の書いた『今物語』という説話集がある。信実は藤原定家の甥で、歌人でもあり画家でもあった。そのなかに紫式部が出てくる話がある（本文の引用は、講談社学術文庫・三木紀人全訳注『今物語』による）。

　ある人の夢に、その正体もなきもの、影のやうなるが見えけるを、「あれは何人ぞ」と尋ねければ、「紫式部なり。そらことをのみ多くし集めて、人の心をまどはすゆゑに、地獄におちて、苦を受くる事、いとたへがたし。源氏の物語の名を具して、なもあみだ仏といふ歌を、巻ごとに人々に詠ませて、我が苦しみをとぶらひ給へ」と言ひければ、「いかやうに詠むべきにか」と尋ねけるに、

　　きりつぼに迷はん闇も晴るばかりなもあみだ仏と常にいはなん

とぞ言ひける。

【口語訳】

ある人の夢に、その正体もないもので、影のようにみえるものが見えたので、「あれは誰ですか?」と尋ねたところ、その影が「わたしは紫式部です。うそばかりを多く集めて、人の心を惑わしたために、地獄に落ちて責め苦を受けていますが、それは耐え難いものです。源氏物語の巻の名にちなんで、南無阿弥陀仏を詠み込んだ歌を、巻ごとに一首ずつ人々に詠ませて、わたしの苦しみを弔ってください」と言ったので、「どのように詠めばよいでしょうか」と尋ねたところ、

桐壺に迷う闇も晴れるようだから、南無阿弥陀仏と常に唱えよう
と答えたことだ。

紫式部が詠んだ和歌は、「桐」と「霧」が掛詞で、「迷ふ」「闇」「晴る」は縁語になっている。このような和歌をすべての巻について詠んで成仏させてほしいと紫式部が訴えている。

これは、中世における『源氏物語』のような絵空事を書いた紫式部は地獄に落ちてしまったという紫式部堕地獄説に基づく話である。物語を狂言綺語（狂った言葉飾り立てた言説）であるとして否定する仏教の立場によるものだ。そのため釈経の和歌を詠んで紫式部を供養することが行われた。「源氏供養」という。『今物語』の作者の藤原信実の祖母、美福門院加賀は、紫式部のために源氏供養を行っている。

陰影のある『源氏物語』の人物群像や『紫式部日記』における自他に厳しい批評意識を考えるとき、この説話に描かれるような死んだ後の紫式部の苦しんでいる姿は、生きているときの紫式部の苦悩と地続きのようにも思えてくる。

2.『源氏物語』の概要

前節で述べたように、『源氏物語』五四帖は光源氏を中心とした正編の物語と、光源氏の子孫である薫と匂宮を中心にした続編から成る。量的にも内容的にも日本文学史上最大にして最高の物語作品である。みやびやかな貴族文化の実態もきめ細かく伝えているし、登場人物の克明な心理描写もすぐれている。四百人を越える登場人物が七〇年にわたって生きるさまを描く。因果応報の理が縦横無尽に張り巡らされた物語の機構は、壮大な人間曼荼羅を織りなす。

以下に、五四帖の巻名を記載する。

一・桐壺《きりつぼ》　二・帚木《ははきぎ》　三・空蟬《うつせみ》　四・夕顔《ゆうがお》　五・若紫《わかむらさき》　六・末摘花《すえつむはな》　七・紅葉賀《もみじのが》　八・花宴《はなのえん》　九・葵《あおい》
一〇・賢木《さかき》　一一・花散里《はなちるさと》　一二・須磨《すま》　一三・明石《あかし》　一四・澪標《みおつくし》　一五・蓬生《よもぎう》　一六・関屋《せきや》　一七・絵合《えあわせ》
一八・松風《まつかぜ》　一九・薄雲《うすぐも》　二〇・朝顔《あさがお》　二一・少女《おとめ》　二二・玉鬘《たまかずら》　二三・初音《はつね》　二四・胡蝶《こちょう》　二五・蛍《ほたる》

二六・常夏《とこなつ》　二七・篝火《かがりび》　二八・野分《のわき》　二九・行幸《みゆき》　三〇・藤袴《ふじばかま》　三一・真木柱《まきばしら》　三二・梅枝《うめがえ》　三三・藤裏葉《ふじのうらは》
三四・若菜《わかな》上　三五・若菜 下　三六・柏木《かしわぎ》　三七・横笛《よこぶえ》　三八・鈴虫《すずむし》　三九・夕霧《ゆうぎり》　四〇・御法《みのり》　四一・幻《まぼろし》
四二・匂宮《におうのみや》　四三・紅梅《こうばい》　四四・竹河《たけかわ》　四五・橋姫《はしひめ》　四六・椎本《しいがもと》　四七・総角《あげまき》　四八・早蕨《さわらび》　四九・宿木《やどりぎ》
五〇・東屋《あずまや》　五一・浮舟《うきふね》　五二・蜻蛉《かげろう》　五三・手習《てならい》　五四・夢浮橋《ゆめのうきはし》

さらに作品の内容をおおまかに確認しておこう。

正編の物語は、主人公・光源氏が桐壺帝と桐壺更衣の間に生まれるところから始まる。右大臣の娘・弘徽殿《こきでん》の女御は、桐壺更衣に激しく嫉妬し、光源氏のことも憎んでいた。光源氏三歳の時に桐壺更衣が亡くなる。一二歳で元服した光源氏は左大臣の娘・葵の上を正妻に迎える。しかし、年上で取りつくしまがないように見える葵の上となかなかなじむことができない。以後、左大臣家を後ろ盾にもった光源氏は、右大臣の娘である弘徽殿の女御との対立関係をますます強めていく。光源氏の義理の兄に相当する弘徽殿の女御の息子が、皇太子となり、やがて朱雀帝となる。

桐壺帝は、桐壺更衣にそっくりな藤壺女御を迎える。亡き母にそっくりな藤壺に思慕の思いを寄せる光源氏は、とうとう藤壺と密通してしまい、藤壺は光源氏の子を身ごもる。この子は、後に立太子し、朱雀帝のあとの冷泉帝となる。

中の品の女に興味をもった光源氏は、夕顔を見出し、荒れ果てた屋敷に連れ出して一夜を過ごすが、夕顔は光源氏と関係のあった生霊に取り殺されてしまう。

夕顔の死後、病に陥った光源氏は、北山での静養中に、若紫に出会う。藤壺の姪の少女だった。自邸の二条院に引き取り、理想の女性に養育する。少女は美しく賢く成長し、光源氏と男と女の関係になり、紫の上と呼ばれるようになる。

やがて、光源氏は二〇歳となり、朱雀帝が位に就く。葵の上は夕霧を出産する。しかし、六条御息所の生き霊が憑依し、ほどなく葵の上は亡くなってしまう。藤壺への思慕に懊悩する光源氏は、花見の宴のあと、弘徽殿の妹・朧月夜と一夜を共に過ごす。彼女は兄・朱雀帝の寵愛を受けていた。そのことが右大臣や弘徽殿に知られてしまい、光源氏を謀反の罪で宮中から追い出そうと画策する。それを察知した光源氏は、みずから須磨に退去することを決める。光源氏は、二六歳になっていた。

須磨でわびしく生活していた一年後、暴風雨に遭い、明石に移る。明石の入道の屋敷に住まい、その娘明石の君と契る。明石の君は懐妊し、明石の姫君を出産する。

二年ほどたって、亡くなっていた桐壺院の霊威により、光源氏は都に呼び戻される。朱雀帝が退位し、冷泉帝の御代となる。光源氏は次第に出世し太政《だいじょう》大臣となる。やがて、三九歳の光源氏は准太政天皇となり、御息所が住んでいた場所に六条院を建設し栄華を極める。光源氏は春夏秋冬のエリアに、それぞれ、紫の上と明石の姫君、花散里と夕霧、秋好中宮《あきこのむちゅうぐう》、明石の君を住まわせた。

この間、末摘花や玉鬘とのかかわりや、六条御息所の伊勢下向などが描かれる。また、息子・夕霧が雲居雁《くもいのかり》と結ばれるまでを描く話も交錯する。彼女は、光源氏の親友にしてライバルでもある葵上の兄・頭中将の娘である

そして、朱雀院の病が重くなる。末娘・女三宮の先行きを案じた朱雀院は、その婿として三十も年の離れた光源氏を指名する。光源氏がそれを承諾してしまったため、光源氏と紫の上の信頼関係が崩れてしまう。

紫の上は病になり、光源氏が紫の上につきっきりで看病している間に、女三宮はかねてから女三宮に憧れていた柏木と不義を犯す。柏木の子・薫を出産した女三宮は罪の意識におののき出家、柏木は病に陥りやがて亡くなってしまう。

夕霧は柏木亡きあとその妻・落葉の宮と関係をもったため、正妻・雲居の雁は二人を憎悪する。

紫の上の病は回復せず、六条御息所の死霊も出現し、ついに亡くなってしまう。五一歳の光源氏は悲しみのまま一年を過ごし出家の決意をする。

続編に入ると光源氏はすでに亡くなっている。二〇歳の薫は、自分の出生の秘密を知って、出家への思いを抱いている。宇治に隠棲する八宮《はちのみや》から仏道を学ぶべく宇治に通っているうちに、八宮の娘・大君《おおいぎみ》に思いを寄せるようになる。八宮が亡くなり、薫は大君に求婚するが、大君は、自分の妹・中君《なかのきみ》と薫を結婚させようとする。しかし、薫は、明石の姫君の息子（光源氏の孫）の匂宮と中君を結婚させる。大君は中君の将来を案じ、心労がもとで死去する。

大君の死後、薫はその異母妹・浮舟の存在を知り、尋ね出して宇治に住まわせる。ところが、匂宮が浮舟と関係をもってしまう。二人の男性の板挟みに苦しんだ浮舟は、失踪し、宇治川に身投げすることを決意する。しかし、横川《よかわ》の僧都《そうず》に助けられ、小野に移り住み出家する。薫は失踪した浮舟が生きていると知り、浮舟の弟を使者に立てるが、浮舟は会うことを拒む。がっくりと力を落とした薫は宇治をあとにする。

このように概観してみると、『源氏物語』は、「愛別離苦」、愛する人の死によるこころの間隙をどのように埋めていくかというテーマの物語であることがわかる。

『竹取物語』『宇津保物語』『落窪物語』といった作り物語や、歌物語である『伊勢物語』の影響、また、紫式部に漢詩文の素養があったことから『白氏文集』や『後漢書』「清河王慶伝」の関係も指摘されている。多くの古歌も取り込まれており、登場人物たちもさまざまな和歌を詠み、それが物語に彩りを与えてもいる。『源氏物語』以前のさまざまな文学の要素が、紫式部の豊かな才能によって完成度の高い物語に統合された。

そして、後世への影響も絶大だった。鎌倉時代に以降多くの注釈書が書かれたし、『六百番歌合』（一一九三）の判詞《はんじ》の中で、藤原俊成は「源氏見ざる歌詠みは遺恨の事なり」と言い、歌人にとって『源氏物語』を学ぶことが必須であることを解いた。

鳥羽天皇の女御だった待賢門院《たいけんもんいん》は『源氏物語絵巻』制作プロジェクトを推進した。『源氏物語』成立から一二〇年ほどたったころである。最高の料紙と絵具が用意され、絵師と能筆家が選定された。『源氏物語』五四巻の各巻から一〜三場面が選び出され、全体で構成されたと考えられている。残念なら全巻は残っていないが、現在、五島美術館と徳川美術館に国宝として収蔵されている。

出版文化が花開いた江戸時代になると、さらに多くの注釈書が出版され、また、国学者らの研究対象となる。本居宣長は『源氏物語』の美意識が「もののあはれ」にあることを説いた。

婦女子向けのダイジェスト版や絵本も出版され多くの読者を獲得した。美しい装幀の写本一式が、螺鈿《らでん》や蒔絵を施した鍵付きの漆塗りの箱に収められ身分の高い女性の嫁入り道具となった。寛政の改革で知られる松平定信は、国学者でもありすぐれた歌人でもあった。生涯に七回『源氏物語』を筆写している。

江戸時代後期には柳亭種彦《りゅうていたねひこ》が、『源氏物語』のパロディとして合巻『偐紫《にせむらさき》田舎源氏《いなかげんじ》』（一八二九）を出版するが、天保の改革の取り締まり対象となり、中断する。種彦は、手鎖の刑を受け、病を得てほどなく没する。

近代にはいると、少女のころから紫式部に私淑していた与謝野晶子が『新訳源氏物語』（一九一一〜一九一三）三巻を抄訳のかたちで刊行した。谷崎潤一郎は、第二次世界大戦前から戦後にかけて『源氏物語』の口語訳を出版した（全五巻）。谷崎は口語訳を通して平安時代の美意識を再認識し、大作『細雪』に投影させた。その後、円地文子、田辺聖子、橋本治、瀬戸内寂聴、林望、角田光代らが口語訳に挑戦しており、『源氏物語』が近現代作家たちにとっても魅力あるものであり続けている。また、大和和紀は『源氏物語』を漫画化し、一九七九年から一九九三年にかけて、『あさきゆめみし』のタイトルで月刊誌に連載し、多くの読者を獲得した。『あさきゆめみし』は、若い世代の『源氏物語』入門書の役割も果たしている。

3.『紫式部日記』の概要

『紫式部日記』は、寛弘五年（一〇〇八）から七年にかけての紫式部の宮中での見聞や経験、および、それらに基づく評論や感慨を記載したものである。紫式部が中宮彰子の女房として宮中で過ごした日々のできごとを記す記事と、自己省察的な記事とに大別される。その内容を手紙にしたためたものが挿入されているのも特徴的である。

中宮彰子の出産前後の宮中の動きや皇子誕生を祝福するためのさまざまな儀式や、重陽の節句の折に藤原道長の妻・倫子《りんし》から、彰子と彼女に仕える女房たちに菊の着せ綿が送られたことなど、華やかな宮廷生活のようすが、鋭い観察眼で描写される。そして、自分が仕える彰子をはじめとして、赤染衛門や清少納言、ともに彰子に仕える和泉式部など、自分と同じ立場の宮仕え女房たちの才能や人柄について、客観的に批評する。批判意識は、他者に対してだけではなく自分に対しても向けられ、宮中を離れて里に下がっている間の紫式部が人生の憂愁に対する物思いに沈んでいるようすも描かれる。また、日記の中で仏道に対する興味関心が描かれているのも特徴的である。

このような『紫式部日記』の内容が、『源氏物語』のさまざまな場面と相関関係をもつことはいうまでもない。

『紫式部日記』以前の女流日記文学としては、『蜻蛉日記』『和泉式部日記』があるが、いずれも作者の人生の時間の流れに即して恋愛模様を綴ったものである。『紫式部日記』は、そのような女流日記とは趣を異にする。個人的な経験以上に、自分の見聞の客観的な描写や、自他の言動や性格の論評に筆を費やしている点に特徴がある。

ところで、紫式部の和歌一二八首を収載する『紫式部集』に次のような和歌がある（引用は、新編国歌大観所収の本文による）。

ゑに、もののけつきたる女のみにくきかたかきたるうしろに、おにになりたるもとのめを、こぼふしのしばりたるかたかきて、をとこはきやうよみて、もののけせめたるところを見て

なき人にかごとをかけてわづらふもおのがこころのおににやはあらぬ
返し
ことはりやきみがこころのやみなればおにのかげとはしるくみゆらん

【口語訳】

絵に、物の怪が憑いた女の醜い姿を書いた後ろに、鬼になったもとの妻を、小法師が縛り付けている絵を書いて、男が経を読んで、物の怪を責め立てているところを見て

亡くなった人に恨みをいだいて病んでいるのも、自分の心に住んでいる鬼のせいではないでしょうか

返歌に

ほんとうにそうですね、あなたの心の闇だから鬼の姿だとはっきりみえるのでしょう

紫式部が別の女房か、あるいは、お付きの侍女などと絵を見ている場面である。その絵は、女に物の怪が憑いているところを描く。物の怪は、女の夫の前妻である。男が経を読んでなんとか物の怪を退散させようとしており、読経の効果で、物の怪を小法師が縛り付けている、そんな絵である。そして、紫式部は、鬼の姿をした先妻の物の怪であるかのようにみえるが、それは、「自分の心の鬼」がみせた幻影だろうと歌に詠む。それに対して、そばにいた人が、そのとおりだと納得した、という和歌のやりとりである。

紫式部は、『源氏物語』のなかに六条御息所の生霊や死霊を繰り返し登場させる。葵の上は物の怪に襲われて死に至る。光源氏の最愛の人である紫の上の死の床にも、六条御息所の死霊が出現する。人の思いが執着心となって、本人の表層意識とは裏腹に、また、死してなお、傷つける対象を探してさまよい続けている。心の闇の深さ、恐ろしさが語られるが、そういった物の怪（鬼）は、自分の心の中にこそいるのだと、紫式部は歌に詠む。人間の弱さ醜さを紫式部は知り抜いている。『紫式部日記』に吐露される痛烈な他者批判も、すべては自己の鏡像であることを、千年前の才媛は理解していたのである。

そのような彼女の人間観察力と洞察力の深さを、『紫式部日記』のいたるところから読み取ることができる。

4．書くことと考えること

紫式部が、すぐれた文筆家であることは誰しも認めるところだろう。本書では、各章の最後に、『源氏物語』と『紫式部日記』の本文を書き写すページを設けた。黙読、音読、ではなく、書いて読むことを通して、紫式部がどんなことばを選び、どのように組み合わせて、何を表現しようとしているのか、その筆の運びを理解してみよう。

個人的な話になるが、筆者は鳥取大学附属中学校に学んだ。そこで一風変わった国語の先生に出会った。田中寛顕先生という。みんな、カンケンさん、と呼んでいた。教科書はいっさい使わない。ものすごく怖い先生だった。でも、話はとてもおもしろく、わたしは心酔した。教科書をていねいになぞる授業をするほかの先生がかすんで見えた。文学のおもしろさを知ったり、本を読む醍醐味を教わったりした。

国語の時間に、毎回、自由なテーマで話をされる。あるときは鳥取県出身の尾崎放哉《ほうさい》の自由律俳句をびっしり書き連ねてガリ版摺りで印刷したわら半紙のプリントを配って「いいだろう？」と言って紹介した。「せきをしてもひとり」「墓の裏にまわる」そんな句を覚えた。大学に進学したあと構内の書籍部に『尾崎放哉句集』という分厚い句集が置かれているのに気づいて、迷わず買った。仕送りで暮らす貧乏学生には手痛い出費だったが、本は借金してでも買って読め、というカンケンさんのことばを律儀に守っていた。

また、あるときは、万引きする少女の心理を綴った小説を、授業時間中、延々と音読した。大学生になって下宿の部屋で本を読んでいるときに、カンケンさんが授業中に読んだ一節にぶちあたったときには、思わず「おーっ」っと叫び声をあげた。それは、柴田翔の『されどわれらが日々』だった。

カンケンさんの宿題は、漢字の問題集を丸ごと一冊原稿用紙に万年筆で書き写す、というものだった。鉛筆を使ってはいけない、間違って二重線で消してもいけない、と言われた。『漢字読本』というようなタイトルの水色の本だった。間違ったら簡単に消しゴムで消して直せる鉛筆ではなく、注意深く見て、間違えないように書き写す必要がある筆記具を使わせたのである。

むかしは中学校や高等学校、あるいは大学の入学祝の定番が万年筆だった。わたしも中学に入ったお祝に、親戚のおばさんにパイロットの赤い万年筆を買ってもらった。ペン先に24Ｋとあるのがうれしかった。のちに、大学四年生の時の卒業論文でもお世話になった万年筆である。その万年筆でひたすら写した。

当時は、修正液などもなく、中学生が手に入れられるのはせいぜい砂消しぐらいだった。細かい砂を固めた消しゴムで紙の表面を削り取る。それをやると紙が汚くなったり破けたりしてしまうので、簡単に使うわけにはいかず、必死で凝視して間違えないように間違えないように注意深く書き写した。書き間違えてしまったら、しかたなく新しい原稿用紙に最初から書き直した。

書き取り問題は、答えだけではなく、問題そのものを書き写させた。四字熟語のページには、四字熟語の意味も書かれていたが、句読点を含めて一言半句もらさず、すべて書き写させた。同義語や反義語のページもあった。定期的にある程度まとまったページが宿題になるほか、中間テストや期末テストの問題も、その問題集の内容をそっくり書く、というものだった。

そうして一年間で問題集をまる一冊書き写した。気が付けば、そこに書かれている内容は全部頭に入っていた。それからは、高校生になっても大学受験のときにも、漢字の書き取り問題には苦労しなくなった。いまだに四字熟語は、そのときの記憶のストックから引っ張り出している。

写しても写しても課題は終わらず、当時は拷問のようだと思ったが、今になって振り返ってみるとそれは一生ものの宝物を自分の身の内に創り出す作業だった。書いている間にいつの間にか単語の意味や用例が脳に刻まれていった。漢字の成り立ちを理解し、日本語の不思議や魅力に気づいていった。

わたしたちはことばで考える。当たり前だが、考えるときに自分の脳にストックがないことばは使えない。

紫式部が使うことばには、よく知っているものもあるかもしれないし、未知のものも少なくないだろう。すぐれた文筆家のことばを書き写すことは、何らかの刺激を書き手に与えるだろう。日本文学史上稀に見る才女だった紫式部のことばを書き写すことをしながら、自分の頭に浮かぶさまざまな思考をつかまえてみてほしい。

第一章　「桐壺」を読み解く

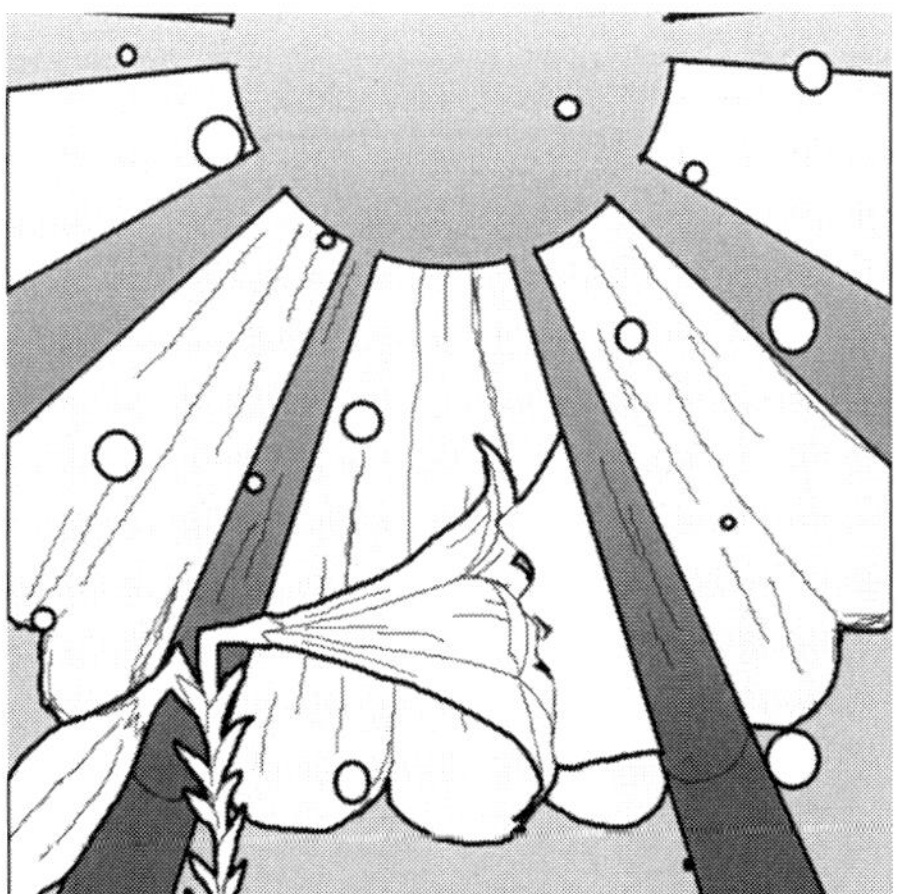

1. 桐壺帝の桐壺更衣への愛

【光源氏の年齢】出生から一二歳

【登場人物】

桐壺帝　光源氏の父。桐壺の更衣を寵愛する。
桐壺更衣　光源氏の母。帝の寵愛を一身に受け、男児を出産。光源氏が三歳の夏に死去。
弘徽殿女御　右大臣の娘。桐壺帝の女御。桐壺帝との間に男児（後の朱雀帝）。
桐壺更衣母　娘を失い出仕させたことを後悔。光源氏の行く末を案じている。
靫負命婦《ゆげいのみょうぶ》　桐壺帝と更衣の実家とのあいだのやりとりをとりもつ中級の女官。
藤壺女御　先帝の娘。桐壺更衣に生き写し。桐壺帝が女御に迎える。
葵の上　左大臣の娘。元服した光源氏の正妻になる。

【ストーリー】

帝の寵愛を一身に受ける身分の低い桐壺更衣に対し、宮中の女性たちが妬んだので、桐壺更衣は病気がちである。帝の寵愛はつのるばかりで、桐壺更衣は美しい玉のような男子を出産する。弘徽殿女御は、帝が、先に生まれている自分の息子を差し置いて立太子させるのではないかと気が気ではない。帝が更衣を大事にすればするほど、後宮の女性たちの妬みも増大し、桐壺更衣の通り道に汚物をまき散らしたり、内廊下に閉じこめたりして、意地悪がエスカレートする。

桐壺更衣の産んだ男の子は、三歳になり、容貌も性格も非常に優れていた。その夏、更衣は病になり、里に下がるとあっというまに亡くなってしまう。葬送の列を見ながら人々は更衣の人柄を偲んだ。

秋のはじめ、帝は靫負命婦を更衣の里に遣わして、残された桐壺更衣の母君を気づかった。命婦と母君はしみじみと長話をして桐壺更衣を偲んだ。更衣の里の様子を靫負命婦から聞き、帝は哀惜の念を深める。

やがて若宮が七歳になる。朱雀帝は高麗や日本の占い師に若宮の将来を占わせ、臣籍に降下して源氏姓を与えることにする。

更衣のことを忘れられない帝のために、更衣とそっくりの藤壺女御が入内することになる。桐壺帝は藤壺女御に思いを寄せるようになる。光源氏も、自分の母にうりふたつだと言われている藤壺を慕わしく思うようになる。

やがて一二歳になった光源氏の元服の儀が盛大に行われ、左大臣の娘の婿となる。内心、藤壺のような女性を妻にしたかったと思っている。

『源氏物語』の冒頭にまず描かれるのは、人間の負の感情である。更衣という低い身分の女性が帝の寵愛を受けたことで、自分こそ帝に一番に愛されていると思っていた更衣より高い地位にあって家柄も容貌も申し分ない人は心穏やかではない。彼女と同等、もしくは、彼女より低い身分の女性たちも心穏やかではないと書かれる。帝の寵愛をはるかにしのぐ、人々の妬み・恨み・嫉みのマイナスの感情エネルギーを浴びて、更衣は宮中での居場所を失っていく。この物語が、人間の心の闇を見つめ続けるであろうことが予想される書き出しである。

立場を失い、心の安定も失いがちな桐壺更衣は、ひたすら帝の愛にすがるしかない。帝も更衣のそのような立場を思いやってますます愛情を深めていく。そのようすが度を過ごし、宮中の人たちは、中国における玄宗皇帝と楊貴妃の例を思い出して、「世の乱れ」を危惧している。

唐の第六代皇帝である玄宗は、晩年、正妻を出家させ、息子の妃を奪って自分の妃とし、愛欲の世界に溺れ、執政が疎かになっていった。その間に安史の乱が起こる。国を傾けた玄宗と楊貴妃の愛が破滅し、楊貴妃の死と玄宗の退位によって唐は滅亡を免れた。その顛末を白楽天が長編詩『長恨歌《ちょうごんか》』（八〇六）にした。『長恨歌』は日本にも流入し、平安貴族の愛誦するものとなった。漢文について学識豊かだった紫式部は、『源氏物語』の構想に取り入れた。

支配者がひとりの女性に心を奪われてしまうことが、「世の乱れ」を起こす例が中国にあったと書かれる。物語の流れとしては、ここでは、玄宗と楊貴妃の関係を、桐壺帝と桐壺更衣になぞらえていることは間違いない。

しかし、紫式部の念頭にあったのはそのことだけではないだろう。物語のなかで、玄宗が息子の妻を自分の妃としたのと逆のことがやがて起きてしまうのである。すなわち、父・桐壺帝の女御である藤壺に対して、息子である光源氏が密通するのである。そして、藤壺は光源氏の子を宿す。その子は、皇位を継承しやがて冷泉帝となるが、その御世に、光源氏は、正妻・女三の宮が柏木と不義を犯して生んだ子・薫をわが手に抱くという経験を余儀なくされる。そのとき、光源氏は自分のまいた罪の種が、今報いとなってふりかかっていることをしみじみと実感する。『源氏物語』を貫く因果応報の理の、最初の「因」が作品の冒頭部分に仕組まれている。

2．光源氏の誕生

桐壺更衣が産んだ男の子は、「世になくきよらなる玉の男皇子」と書かれる。「めづらかなるちごの御容貌《かたち》」であったという。生まれた直後から美しく玉のようで、しかも、まったくほかに例がないほどの美しい顔立ちだったと書かれる。出生直後の顔立ちが美しいというのはよほどのことだ。そして、帝の寵愛がますます更衣に傾いていく。

いつでもどこでも更衣とべったりいっしょにいようとする帝の愛情過多なようすが次のように描写される。

わりなくまつはせたまふあまりに、さるべき御遊びのをりをり、何ごとにもゆゑあることのふしぶしには、まづ参上《まうのぼ》らせたまふ、ある時には、大殿籠《おおとのごも》りすぐしてやがてさぶらはせたまひなど、あながちに御前《おまへ》さらずもてなさせたまひしほどに、おのづから軽《かろ》き方《かた》にも見えしを、この皇子《みこ》生まれたまひて後は、いと心ことに思ほしおきてたれば、坊にも、ようせずは、この皇子のゐたまふべきなめりと、一の皇子の女御は思《おぼ》し疑へり。

【口語訳】

やたらに更衣をそばに侍らせようとするあまり、しかるべき管弦の催しの折々や、なんでもかんでも風流な行事のたびごとに、まずこの方を参上させるし、時には、更衣のところでおやすみになった次の日もそのまま更衣のもとにいらっしゃって、なんとしても更衣が自分のもとを離れないようになさっていったので、最初のうちは更衣を身分の低いものと見下げていた人たちも、この皇子がお生まれになってからは、特別扱いをされていたので、東宮にも、悪くすると、この皇子がおつきになるのではないだろうかと、第一皇子の母である弘徽殿女御は疑うようになった。

桐壺帝が、桐壺更衣に夢中になるあまり、更衣のことしか見ていないことがわかる。自分の立場を考えて感情を抑えるということをしていないし、正妻の気持ちを思いやるということもしていない。桐壺更衣を取り立てることが、かえって更衣のためにはならず、むしろ更衣を窮地にたたせてしまうことに気づけない。多くの女性にかしずかれる帝としても、更衣を守るひとりの男性としても、バランスを欠いた行動だった。我を忘れるほど桐壺更衣に惚れ込んでしまったということだろう。

だからこそ、周りの人々は、玄宗の前例を思い出した。
『長恨歌』の冒頭は、次のような詩句である。

漢皇色を重んじて傾国を思ふ
御宇多年求むれども得ず

【口語訳】

漢の皇帝が美しい女性を好み、国を亡ぼすほどの美女はいないかと思っていた
治世の間、長年にわたってそのような女性を探していたが見つからなかった。

美しい人がいて、この人のために国を失ってもよい、と考えたのではなく、国を失うほどの美しい女性を求めていたという逆説的な表現である。異常な美人への執着である。楊貴妃はそんな皇帝のお眼鏡にかなう美女だった。楊貴妃は、「後宮の佳麗三千人　三千の寵愛一身にあり（宮殿には三千人の美女がいたが、その三千人分の寵愛を一身に受けた）」と書かれる。どれほどの美人だったのだろう。平安時代にこの漢詩を読んだ人々も、同じ思いだっただろう。

紫式部は、『長恨歌』における皇帝と楊貴妃の関係を、桐壺帝と桐壺更衣に投影した。しかし、楊貴妃は子どもを産んでいない。生まれてきた光源氏の美しさは、母・桐壺更衣の美しさを表すものでもあった。光源氏を産み落としたことで、更衣はますます帝に大切にされ、その結果、ますます周囲の、とりわけ弘徽殿女御の反感を買うことになってしまった。

帝が多くの女性たちの前を素通りして桐壺更衣の局に行く。更衣もまた頻繁に帝に呼び出されて帝の元にでかけていく。そのたびに、人々の憤懣やるかたない。あるときは「打橋《うちはし》、渡殿《わたどの》のここかしこの道に、あやしきわざ」をした。更衣が通りそうなあちこちに、糞尿をまき散らしたのである。当時は、室内の隅に用をたすための容器がしつらえてあり、係りの女官が中身を捨てにいくなどしていた。ある時は、「え去らぬ馬道《めどう》の戸を鎖《さ》しこめ」た。渡り廊下の前後の扉を施錠してしまい、更衣がそこから出られないようにしたのだ。幼稚だけれども徹底した嫌がらせである。帝は、更衣が長い廊下を歩かなくてすむように、清涼殿のそばの後涼殿に更衣の部屋を移してしまった。更衣が後涼殿にもともと局を持っていた女房を追い出したことになる。追い出された側の恨みは、「やらむ方なし（ほかの人と比べようもないくらい大きい）」

というほどであった、と書かれる。更衣のために良かれと思って帝がしたことが、裏目に出てしまう。

結局更衣は体調を崩し、里下がりを申し出る。体調がすぐれないのはここ数年ずっとそうだったからと、帝がなかなか許さなかった。つまり、更衣は、光源氏を出産して以来ずっとストレスを抱えて、体調が思わしくなかったということがわかる。更衣の母が、涙ながらに帝に里下がりを訴え、ようやく許しが出て、更衣は里に下がる。すっかりやせ細り生きる気力を失ったまま、里へ下がったとたん力尽きて亡くなってしまう。

周囲の人たちがみんな泣き、父もまたさめざめと泣いているのを、光源氏が不思議そうに見ている。母を亡くした不幸とは正反対のあどけない光源氏のようすが、さらにみんなの涙を誘う。

物語の初発において、愛する人との死別が語られる。『源氏物語』は、「愛別離苦」の苦しみからスタートする物語なのである。光源氏の誕生は、母の死をもたらした、ともいえる。そして、運命の歯車がごとりと大きく回転する。

ところで、桐壺更衣が亡くなったあと、生前は彼女をいじめていた人たちも、さすがにしみじみと更衣の死を悼んでいる。そのようすが「引き歌」という技法によって表現される。

もの思ひ知りたまふは、さま容貌《かたち》などのめでたかりしこと、心ばせのなだらかにめやすく憎みがたかりしことなど、今ぞ思《おぼ》し出《い》づる。さまあしき御もてなしゆゑこそ、すげなうそねみたまひしか、人柄のあはれに情ありし御心を、上の女房なども恋ひしのびあへり。「なくてぞ」とは、かかるをりにやと見えたり。

【口語訳】

物の分かっていらっしゃる人は、容姿がすばらしかったこと、心根がおだやかで悪いところがなく憎みようがなかったことなど、今さらのように思いめぐらす。見苦しいまでの帝の御寵愛ゆえにこそ、すげなくお妬みになったのだが、人柄が優しく情けのある桐壺更衣のお心を、上の女房たちも恋いしのびあった。「なくてぞ」というのは、このような折にいうのだと思われた。

引き歌というのは、古歌の全体ではなく一部の語句だけを引用するレトリックである。読者が、引用された語句を含む歌全体を想起することで、本文の内容に、古歌の抒情性を添える。省略された古歌全体が、言外に抒情性を加味し、表現が重層的になる、というものだ。

ここでは「なくてぞ」という語句が、「ある時はありのすさびに憎かりきなくてぞ人は恋しかりける（生きているときは生きているままに憎らしいと思ってもいなくなったときにこそその人が恋しくなることだよ）」という古歌をふまえる。平安時代末期に藤原伊行《これゆき》が著した『源氏釈』という『源氏物語』最古の注釈書に書かれている。今となっては出典が不明の歌である。平安時代にはよく知られていた歌だったのだろう。紫式部は、「人は恋しかるべき」を省略して「なくてぞ」とだけ引用した。

月が満ちたり欠けたりすることを盈虚《えいきょ》というが、人の世の栄枯盛衰の移り変わりを月の満ち欠けになぞらえることがある。「なくてぞ人は」の歌は、そのような盈虚思想にもとづく歌といえる。更衣を失ってみてはじめてその存在の大きさに気づいた、という人々の思いは、「なくてぞ人は」の歌に込められた盈虚思想が、物語全体の通奏低音として響いていくことを予感させる。光源氏が誕生し、更衣が亡くなった。愛と喪失の物語の今後の展開が波乱含みであることも暗示し、読者を物語世界に強く引き入れていく。

3．父の思い

桐壺更衣亡きあと、悲しみに沈みなかなか立ち直れない桐壺帝は、『長恨歌』の絵を飽かず眺めている。

このごろ、明け暮れ御覧ずる長恨歌の御絵、亭子院《ていじのゐん》の描かせたまひて、伊勢、貫之に詠ませたまへる、大和言の葉をも、唐土《もろこし》の詩《うた》をも、ただその筋をぞ、枕言《まくらごと》にせさせたまふ。

【口語訳】

このところ、明け暮れ御覧になる長恨歌の絵は、亭子院がお描きになり、伊勢や貫之に和歌を詠ませたもので、日本の和歌についても中国の漢詩についても、ひたすらそのストーリーばかりお話になる。

「枕言」とは、口ぐせのようにいつも話すことばを指す語である。帝は、『長恨歌』の内容に和歌や漢詩の讃がはいった絵巻のようなものを明け暮れ眺めては、桐壺更衣を思い出していた。そして、長恨歌の話ばかりしている、というのだ。伊勢は、三十六歌仙のひとりで、平安時代前期の女流歌人として名高い。宇多天皇の后・温子《おんし》に仕え宇多天皇に寵愛された。業平は、いうまでもなく、在原業平である。やはり三十六歌仙のひとりだ。『伊勢物語』の「むかし男」のモデルで、色好みの男とされる。このふたりが『長恨歌』の絵にどのような和歌を添えたのか、今では知るよしもないが、当時は、読者もよく知っていた歌だったのだろう。この時代の人々にとって玄宗皇帝と楊貴妃のエピソードが良く知られていたことを物語る。

『長恨歌』には、皇帝が亡くなった楊貴妃に逢いたくて、死者の魂を呼び戻す術ができる道士に楊貴妃を探してもらう、という場面がある。楊貴妃は、仙女となって蓬莱宮《ほうらいきゅう》にいた。皇帝に会うことはできない代わりに、螺鈿の箱と簪《かんざし》を道士に託し、自分の愛の証として皇帝にわたしてほしいと言う。更衣の母が、靫負命婦に帝への贈り物を託し、命婦がそれを届けると、帝は『長恨歌』のようにこの贈り物が亡き更衣からの簪であったらいいのに、と思う。

かの贈り物御覧ぜさす。亡き人の住処《すみか》尋ね出でたりけんしるしの釵《かむざし》ならましかばと思ほすもいとかひなし。

たづねゆくまぼろしもがなつてにても魂《たま》のありかをそこと知るべく

絵に描ける楊貴妃の容貌《かたち》は、いみじき絵師といへども、筆限りありければいとにほひすくなし。太液芙蓉《たいえきのふよう》、未央柳《びあうのやなぎ》も、げにかよひたりし容貌を、唐《から》めいたるよそひはうるはしうこそありけめ、なつかしうらうたげなりしを思《おぼ》し出づるに、花鳥《はなとり》の色にも音《ね》にもよそふべき方ぞなき。朝夕の言《こと》ぐさに、翼《はね》をならべ、枝をかはさむと契らせたまひしに、かなはざりける命のほどぞ尽きせずうらめしき。

【口語訳】

（靫負命婦は）母君からの贈り物をお見せになる。亡くなったひとの居場所を探しあてた証拠の釵だったらよかったのに、と思われるが、まったくそんなことはない。

更衣のもとを訪ねていく道士がいてくれたらいいのに、人づてであっても更衣の魂の居場所をそこと知ることができるように。

絵に描いた楊貴妃の顔かたちは、すぐれた絵師であったとしても、筆に限界があるので、とても美しさが及ばない。太液池の芙蓉も、未央宮の柳も、実際、それに似通っている楊貴妃の顔かたちで、中国風の姿は美しいだろうが、更衣の顔は懐かしくかわいらしかったことを思い出されると、花や鳥の色になぞらえられないくらいだった。朝夕の話のなかで、翼を並べ枝を重ねようと約束なさったのに、それがかなわなかった命であることが、限りなくうらめしく思われる。

明けても暮れても更衣のことで頭がいっぱいの帝のようすがしみじみと綴られている。『長恨歌』の絵を見て、そこに描かれた楊貴妃が絵空事でしかなく、実際の美しさとは程遠いであろうことを嘆きつつ、その歎きは、更衣を失った悲しみにスライドしていく。異国の楊貴妃の容姿と更衣の容姿を比べて、その可憐な姿を二度と見ることができない悲しみに打ちひしがれている。『長恨歌』では幻術によってあの世とこの世をつないで、皇帝は楊貴妃からの贈り物のかんざしをもらえたが、桐壺帝の周りにはそのような道士は出現しない。紫式部は、『長恨歌』を援用することで、桐壺帝の悲しみを強調し増幅させる。「引き歌」の技法と同じような方法といえる。

政務も怠りがちで食事もとらないほど帝の落ち込みは激しい。失意のままに三年が経過し、光源氏六歳のとき、彼を育てていた更衣の母も亡くなってしまい、光源氏が宮中にやってくる。その容姿が、この世のものと思われないくらい美しく、あまりの美しさに、帝は不吉な思いにとらわれる。この光源氏との対面が帝を我に返らせる。後見人もなく幼い光源氏の将来を案じ始める。

七歳になった光源氏への教育がはじまる。すると恐ろしいまでに優秀だった。帝は、弘徽殿女御に母親代わりになってほしいと対面させる。光源氏の美しさと才能にだれもかれも魅入られてしまい、さすがの弘徽殿も御簾《みす》のうちに引き入れて遠ざけることができない。

そして、桐壺帝は、宮中を訪問中の高麗人《こまうど》（朝鮮の高麗国の人）のなかに、すぐれた「相人（人相を見て占う人）」がいると聞いて、光源氏の素性を伏せて占わせる。すると相人は次のようにいう。

国の親となりて、帝王の上《かみ》なき位にのぼるべき相おはします人の、そなたにて見れば、乱れ憂ふることやあらむ。朝廷《おほやけ》のかためとなりて、天の下を輔《たす》くる方《かた》にて見れば、またその相違ふべし

【口語訳】

国の親となって帝王というこれ以上上がないような位にのぼることのできる相でいらっしゃる人ですが、そうなったときを占うと、乱れくるしむことがあるかもしれません。朝廷のかなめとなって、天下への執政を補佐するという立場で考えれば、また、その相も違ってくるでしょう。

天皇の位につくような人相だけれど、もしそうなったらよくないことが起きるかもしれないが、補佐役のような立場ならそうはならないだろうと言われたのである。桐壺帝は、光源氏の美しさを不吉だと思った父としての直観が正しかったと思ったに違いない。そして、その占術

結果は倭相《やまとそう》（日本の人相見）が告げたことと一致するものだった。さらに「宿曜のかしこき道の人（占星術にすぐれた人）」にも判断を仰ぐが、やはり同じ答えだった。自分の直観に加えて、韓国と日本の相人、さらに宿曜の道士に確認したうえで、父として周到に光源氏が進むべき道を決めようとしている。

一瞬、東宮として自分の後継者にしようかとも思い、弘徽殿女御も自分の息子を差し置いて弟の光源氏が東宮になるのではと案じていたが、帝は、国の将来と光源氏の将来を考えて、臣籍に降下し源氏の姓を与えた。ここでまた、運命の歯車がごとりと回転したことになる。

数年間、桐壺更衣を失って無気力だった帝は、過ぎ去った日々にばかりとらわれていた。しかし、光源氏の将来を考えることで少し生きる気力が戻ったかのようである。そんな折、先帝の四女である藤壺が亡くなった更衣にそっくりだというので、入内の話が起きる。先帝の后が、娘とそっくりな更衣が帝の寵愛を受けて亡くなったことを不吉だと考えて、反対していたが、その后も亡くなってしまい、藤壺が入内してくる。「あやしきまで」にそっくりだと書かれる。帝の気持ちは藤壺に傾き慰められていく。

入内した藤壺に対して帝は、光源氏を大事にするようにと言う。光源氏の母と藤壺がそっくりだし、「かよひて見えたまふも、似げなからずなむ（藤壺が母親とみえるのも、お似合いなことだ）」と。藤壺と光源氏が並んでそれを帝が愛で二人を寵愛する。「かがやく日の宮」と書かれるまばゆい美しさである。

直後に書かれるのは光源氏の元服、そして左大臣の娘である葵の上との婚儀である。帝は元服後の光源氏を藤壺の御簾の内には入れさせない。光源氏の藤壺への思いは母親代わりへの女性に対する憧憬の域を越え、恋慕の情をつのらせていく。すこしでも藤壺の側に居たい光源氏は、宮中でばかり時間を過ごし、妻のいる左大臣家へなかなか通っていかない。当時は通い婚であったし、光源氏は聟入りをしたので、結婚後も、葵の上は実家である左大臣家にとどまったままである。

巻の最後に、宮中での光源氏の居所が立派に改造された。光源氏は「かかる所に、思ふやうならむ人を据ゑて住まばや」と思うようになる。葵の上では彼の心は満たされない。やがて若紫を手元に引き取ることへの伏線である。

4．冒頭を書いて読む

「桐壺」の巻の全容を頭に置きながら、改めてじっくりと冒頭部分を次ページに書き写しながら読み味わってみよう。旧かなづかいや古文独特の用字法に留意しよう。また、口語訳を読んで内容を頭に入れたうえで、主語が明記されず、文が途切れなく続いていく文章の運びを体感するとよいだろう。

いづれの御時《おほむとき》にか、女御、更衣あまたさぶらひたまひける中に、いとやむごとなき際《きは》にはあらぬが、すぐれて時めきたまふありけり。はじめより我はといと思ひあがりたまへる御方々、めざましきものにおとしめそねみたまふ。同じほど、それより下臈《げらふ》の更衣たちはましてやすからず。朝夕の宮仕《みやづかへ》につけても、人の心をのみ動かし、恨みを負ふつもりにやありけん、いとあつしくなりゆき、もの心細げに里がちなるを、いよいよあかずあはれなるものに思ほして、人の譏《そし》りをもえ憚《はばか》らせたまはず、世の例《ためし》にもなりぬべき御もてなしなり。

【口語訳】

いつの御世のことだろうか、女御や更衣がたくさんお仕えなさっている中に、そんなに高い身分ではないのに、ほかの人に増して帝の寵愛を受けなさっていた方がいた。最初からわたしこそは、と思いあがっている方々は、目障りに思って貶めねたんでいらした。彼女と同じくらい、あるいはそれより下の身分の更衣たちは、ましてや心穏やかではない。朝夕の宮仕えをするにつけて、女は動揺し、恨まれていることに思い沈んでいたからだろうか、病気が重くなり、なんとなく心細そうなようすで、たびたび里に下がれるのを、帝はいよいよ限りなく不憫な人と思われて、他人にそしられるのもお気になさらず、世の中の前例となってしまいそうな接し方をなさった。

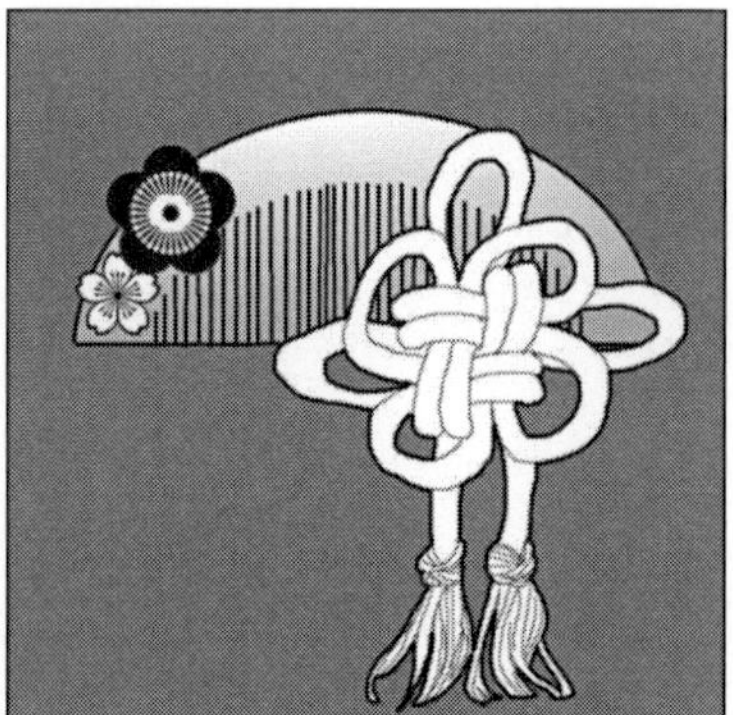

第二章　「帚木」を読み解く

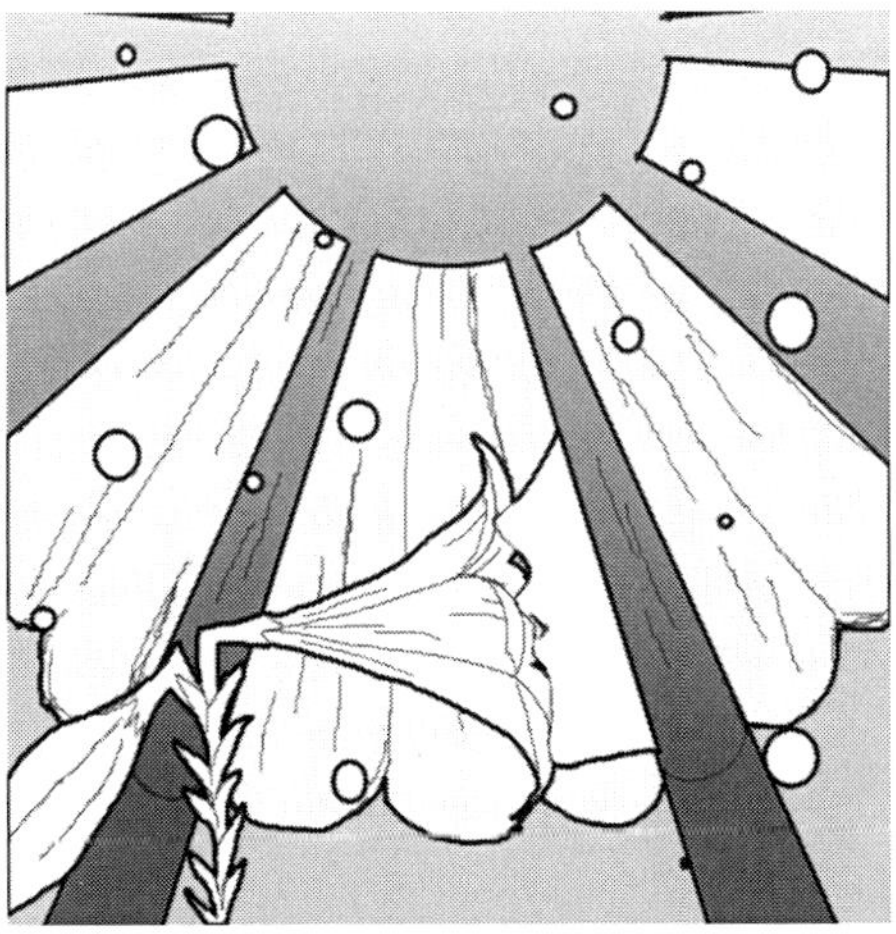

1．左馬頭の女性論

【光源氏の年齢】一七歳。身分は中将。

【登場人物】

頭中将《とうのちゅうじょう》　左大臣の息子。葵の上の兄。

左馬頭《ひだりのうまのかみ》　左馬寮の長官。「帚木」巻だけに登場。

藤式部丞《ふじしきぶのじょう》　式部省の三等官。「藤」は藤原氏であることを表す。帚木の巻だけに登場。

葵の上　相変わらずとりつくしまのない態度で、光源氏は左大臣邸に長居できない。

紀伊守《きのかみ》　伊予守《いよのかみ》の息子。中川（内裏の東、左京の東端の東京極大路に面する）に住む。

空蝉　伊予守の後妻。伊予守とは年の差が大きい。

小君《こきみ》　空蝉の弟。

【ストーリー】

光源氏は葵の上とは疎遠だが、彼女の兄・頭中将と親しい。長雨の続く夏の夜、宮中の宿直所に頭中将がやってきて、女性についていろいろと話しはじめる。そこへ、左馬頭や藤式部丞も現れ、これまでの女性経験を吐露し、女性批評の話が盛り上がる。「雨夜《あまよ》の品定め」として知られるくだりである。光源氏は時にうつらうつらしながら三人の話を聞き、「中の品《しな》（中流階級）」の女性に興味をもつ。一方で、藤壺に思いをつのらせてもいる。

翌日、光源氏は久しぶりに左大臣邸に赴く。相変わらず葵の上は打ち解けない。方違えということで中川の紀伊守邸を訪ねる。ここに、紀伊守の父・伊予守の年下の妻空蝉が来ていた。弟の小君もいて、なかなかの美少年である。中の品の女性への興味から、光源氏は空蝉の寝所に忍び込み契りを結ぶ。しとやかな雰囲気に心ひかれた光源氏は、再び伊予守邸を訪ねる。しかし、空蝉は会ってくれなかった。

「帚木」の巻は、「桐壺」の巻と「若紫」の巻の間の一年間のできごとを記す。この巻の最大の特徴は、「雨夜の品定め」といわれる男性官人による女性論を含んでいることだ。「雨夜の品定め」は、頭中将、左馬頭、藤式部丞、三人の男性の語りによって展開する。光源氏はもっぱら聞き役である。

『源氏物語』は、宮仕え女房（宮中で貴人に仕える女性）の語りによって展開する。時折、語り手が、一人称で自分の考えを述べる場合がある。そのような部分を草子地という。「帚木」の巻の冒頭は、草子地ではじまる。

光る源氏、名のみことごとしう、言ひ消《け》たれたまふ咎《とが》多かなるに、いとど、かかるすき事どもを末の世にも聞きつたへて、軽《かろ》びたる名をや流さむと、忍びたまひける隠ろへごとをさへ語りつたへけん人のもの言ひさがなさよ。さるは、いといたく世を憚《はばか》りまめだちたまひけるほど、なよびかにをかしきことはなくて、交野《かたの》の少将には、笑はれたまひけむかし。

【口語訳】

光源氏という名は、おおげさだが、その名をあからさまに言えないような過ちが多いということであるが、たいそう、このような色恋のことが後の世に伝わり、軽々しい浮名をながすこともあるだろうかと、内緒になさっていた隠しごとまで語り伝えてしまった人は、なんとも口さがないことであるよ。そうはいっても、とてもたいそう世間をはばかってまじめにしていらっしゃるようすは、好色めいて興味深いようなことはなくて、交野の少将に笑われてしまうことだろう。

交野の少将というのは、今では散逸してしまった物語の主人公の名前である。好色な人物として当時知られていたらしく、『落窪物語』にも「交野の少将の艶《えん》になまめかしかりしこと」などと記載される。光源氏はその交野の少将に笑われてしまうぐらいの「まめだち」たる人物であると書かれる。「まめ」というのは、「誠実でうわついたところのないさま」（『日本国語大辞典』第二版）である。ここでは好色めいているという意味の「すきずきし」と対照的に用いられている。冒頭、「すき事」によって後世浮名を流すことがあったら大変なので、隠していたことを、語り伝えた人とは、まさに、今、『源氏物語』を語っている語り手自身である。非常にもってまわった言い方で、そうなったら大変だから、そうなってしまわないようにといいながら、実はそうなってしまっていること、つまり光源氏の浮名が後世に語り伝えられてしまっていることをいう。直接述べていることと反対のことを読者に伝える語り方である。

さて「長雨晴れ間なきころ」つまり、梅雨のさなかに、夜、光源氏と頭中将が宮中でいっしょにすごしている。光源氏の居室である。厨子《ずし》(置き戸棚)の中にしまってある女性たちからの手紙の差出人を当て推量して光源氏をからかう。光源氏はごまかしながら、頭中将こそいろんな手紙をもらっているだろうと応酬する。そして頭中将が、非の打ちどころのない女性というのはなかなかいないものだと言うのを、光源氏もそのとおりだと思いながら聞いている。青年貴族の男同士の気の置けない明るいやりとりがほほえましい。このあと二人は良きライバル、良き友人として、人生のさまざまな局面を共有していくことになるが、二人が登場する最初の記事である。

そこへ左馬頭と藤式部丞がやってくる。この二人は「世のすき者(好色者)」である。彼らが、このあと女性論を展開するにあたって、「いと聞きにくきこと多かり」という草子地がある。好き勝手なことを男たちが話すので、聞き苦しい話もある、とあらかじめ読者に断っているのである。

頭中将が女性は「中の品」の女性が好ましいと発言すると、その発言を左馬頭が引き取って中の品の女性について語り始める。「世にありと人にしられず、さびしくあばれたらむ葎《むぐら》の門(世の中にあまり知られていない、さびしく荒れ果てた家)」に、予想外にかわいらしい女性がいることがあると力説する。ここは、やがて光源氏が夕顔を見出すことへの伏線といえるだろう。

光源氏が白い着物を着てしどけない風情でそれを聞いているようすが描写され、非の打ちどころのない光源氏のためには最高の女性を選んでも釣り合わないだろうと書かれる。品定めのあいだ、光源氏は何も発言せず、その心中が語られるのみである。じっと聞き耳を立てながら、自分にとっての理想の女性である藤壺にまさる女性がいるのだろうかと考えをめぐらせているようすが伝わる。

そして左馬頭が、夫婦の仲についてあれこれと論じていく。理想の妻というのはなかなかいないと力説する。また、年若い女はものごしは柔らかいが、情趣ばかり大事にして現実的な夫の世話ができないと断じる。といって、細かく夫の世話ばかりする妻が、夫の仕事の愚痴など聞いてくれるなら良いけれど、仕事の話には知らん顔をするのはおもしろくない、とも言う。ふだん多少不愛想でも何かの時に頼もしい妻もある、とあれこれ自分の経験に照らし合わせ、おそらくは、具体的な人物をイメージしながら、さまざまな論評をとめどなく展開していく。結局は、顔かたちよりも、「ものまめやかに静かなる心」が大切であるという結論になる。何事につけても考えすぎて出家をしたいなどと言い出すタイプは独善的だし、夫に好き勝手なことをさせる放任主義の妻は気が楽だが、男としてはどうでもよい存在になってしまう、と言う。左馬頭が同意を求めると頭中将がそのとおりだと応じる。彼の念頭には妹の葵の上が光源氏と疎遠であることがある。葵の上こそ「この定めにかなひたまへり」と、妹こそ添い遂げるに値する妻のはずだと思って、暗に光源氏にそのことに気づいてほしいと思いながら、光源氏を見ると居眠りをしてしまっているので、「さうざうしく心やまし（興覚めでいまいましい）」とがっかりする。

確かに眠くなってしまいそうな紆余曲折する左馬頭の長い女性論である。具体的なエピソードがなく、理屈っぽい。いかにも居そうな人物であることを、その語りだけで読者に伝える紫式部の筆の力が冴えている。

興に乗った左馬頭が、評論家きどりで、指物職人や絵師、書家の技量の見極め方についてあれこれと論じつつ、「そのはじめのこと、すきずきしくとも申しはべらむ（むかしのことを、好色めいていますがお話しましょう）」と、若いころの経験を語り始める。光源氏も眼を覚まして膝を乗り出す。

そうして告白したのが「指食いの女」と「浮気な女」と関係した経験である。

指食いの女は、一生懸命左馬頭の世話を焼いたり、嫌われまいと醜い顔にていねいに化粧をしたりするかわいらしいところがあった。しかし、たいへんなやきもちやきで、困り果てた左馬頭が、末永く添い遂げたいなら少しは自分の感情を押さえてもらいたいと強い調子で諭してみたところ、女が、うだつのあがらないあなたに我慢しているのだから、その浮気性を改めたらいいと激しい調子で抗弁した。二人が罵り合いのようになり、とうとう興奮した女が左馬頭の指にかみついた。その後疎遠になりながらも、付かず離れずの和歌のやりとりが続き、女が心を入れかえてくれるならいっしょに暮らそうと言ってきたが、左馬頭がもう少し懲らしめてからと思っているうちに、女が思い詰めて亡くなってしまったらしい。左馬頭が女をもてあそんだ結果、死に至らしめてしまったことになる。その罪悪感からこのような告白話になっていることがわかる。

そのころ別の上品で器量もよく風流な女ともときどき逢瀬を重ねていたが、ある月の美しい夜に彼女のところへ立ち寄ってみると別の男がいて琴の合奏をしながら、男に菊の花を手向けられて和歌のやりとりをしてむつまじげにしているのを見て、興ざめして通わなくなった、と言う。風流心のある女性は、情緒に流されるので、ひたむきにひとりの男性を愛するということができないことを示す。また、左馬頭には風流心のある女性を満足させるだけの資質がなかったことも暗示する。左馬頭からみれば「浮気な女」であるが、果たして、彼女からみた左馬頭はどんな男だったのだろうか、と思わせる。左馬頭は、別の男と会っている女を見て、「通わなくなった」と言っているが、つまりは、ふられたということだろう。そして、左馬頭が、浮気な女とは対照的に、指食いの女は一途に自分を思ってくれたと考えてもいることがわかる。まさに「桐壺」の巻に書かれていた、「なくてぞ人は」の境地だろう。

語りの内容そのものが直接的に伝えることがら以上に、左馬頭の語り口は、それを聞いている頭中将や光源氏の心中、また、読者自身がもつ恋愛観や夫婦観などを浮かび上がらせるものになっている。

左馬頭の女性論は、続く頭中将や藤式部丞の女性論の五倍近い分量である。そして、頭中将と藤式部丞の女性論を受けて、再び左馬頭が発言し、学問のある女は魅力がないと断定する。これは、学問のある紫式部が、常々男性に言われ続けていることなのかもしれない。左馬頭のとりとめのない語りは、彼自身のまとまりのない散漫な思考の表れでもある。延々と左馬頭に語らせ、光源氏が思わず居眠りしてしまうようなおもしろみのない抽象論を話したり、自分を思ってくれている女をわざとじらして死に至らしめたり、ときには、女にふられたり、そんな俗物めいた左馬頭が、学のある女性をばっさりと否定する。学のある紫式部が、逆に、自分の狭い価値観だけで女たちを批評する左馬頭に代表されるような良識のない男たちを否定しているかのようである。

2．頭中将の女性論

さて、長く単調な左馬頭の語りに対して、頭中将は、「なにがしは、痴者《しれもの》の物語をせむ」とシャープに切り出す。そして、この「痴者」が、のちに登場する夕顔なのである。

親のない心細そうな女と内緒で会うようになった頭中将は、ちょっとしたできごころのつもりだったが、次第に女に情が移り、女にも頼りにされ、離れがたい関係になっていった。自ら、いつまでも自分を頼りにするように、と女に言いきかせもし、女もそれをよろこんでいる。頭中将の実家である左大臣家が、身分の低い女に対して嫌がらせをしていたということがあとでわかるのだが、そうとは知らない頭中将がつい女のもとから遠ざかっていた折に、女が撫子《なでしこ》の花に歌を添えてよこしたという。二人の間には子どももいたと語られる。のちに登場する玉鬘である。頭中将がそのことを涙ながらに語るので、光源氏が興味をもったようすで、「何と書いてあったのか」と尋ねる。

女の歌は、次のようなものだった。

山がつの垣は荒るともをりをりにあはれはかけよ撫子《なでしこ》の露

【口語訳】

みすぼらしい垣根が荒れ果てているけれど、ときどきは情けをかけてほしいです、この撫子の花にも。

控えめだが切実な調子で、女のおとなしさと頭中将を頼りにしていることを伝えるものだ。

頭中将は女を訪ねて、その住まいの荒れ果てたようすが「昔物語」のようだったと語る。裕福な家庭で何不自由なく育った頭中将にとって、女の住まいは、自分をとりまく環境とはかけ離れた非日常的なものに思えたということだろう。女は畳みかけて歌を詠む。

うち払ふ袖も露けきとこなつに嵐吹きそふ秋も来にけり

【口語訳】

あなたに会えないで袖が涙で濡れている床のわたしに、嵐までが吹いて、飽きられる秋がやってきてしまいました。

「とこ」に「床」と「常夏」を掛ける。「秋」は「飽き」の掛詞である。

「とこなつ」は撫子の異名である。夏の花である撫子(常夏)は、繁栄のイメージをもつが、それとは裏腹に頭中将が遠ざかって家も気持ちも荒れ果てた女が、撫子を思い出してほしいと花を添えたのは、頭中将との間にできた娘の将来を思いやってのことだろう。そして、女は、頭中将に飽きられたことを嘆いている。しかし、頭中将は、その詠みぶりをさりげない、と言い、「まめまめしく恨みたるさまも見えず(真剣に恨みがましいふうには見えない)」と判断し、その後女のもとから遠ざかってしまう。その結果、娘を連れて女はどこかへ行ってしまったと言う。もっと必死ですがりついてくれれば、ちゃんと面倒を見て女をつなぎとめたのに、と言う。ほかに男がいたから自分にはそっけなかったのではないか、とまで言う。左馬頭の長く一方的な話のあとなので、頭中将の言い方もまた、自分本位なものであることがわかる。そうはいっても頭中将は幼い娘のことを案じて八方手を尽くして探しているとも言う。そのことを光源氏もまた長く気に留めていることが、夕顔の事件によって明らかになる。

3．藤式部丞の女性論

頭中将が、「式部がところにぞ、気色《けしき》あることはあらむ」と、藤式部丞に体験談を語るように促す。藤式部丞が語ったのは、大学寮で文学を教える下級の教官だったときに付き合っていた博士の娘のことである。自分が学問を学びに通っていた博士の娘なので、一夜を共にしたあとにも学問の話をしたり、恋文が漢詩で書かれていたりしたと言う。そして、彼女に漢詩文を学んだ恩が忘れがたいと言う。

しばらく遠ざかっていたが、久しぶりに会ってみると、自分に近づこうとしない。女は、病気になって薬としてにんにくを服用したので、口臭が臭いだろうからと離れているのだと言う。女の言うとおり確かに臭いので、藤式部丞が逃げ出すと、女が追いかけるようにして、毎晩会っている仲なら、においを気にしないで会えたのに、という歌を詠んでよこした、と言う。

藤式部丞が「しづしづと（重々しく）」語ったと書かれる。にんにく臭い博士の娘の真剣なようすをおもしろく伝えるための演技だろう。聞いている頭中将たちは、「そらごと」、作り話だろうと笑いながら、言う。「にんにく臭い女と向かい合っているより鬼といっしょにいるほうがましだ」、と言い、もう少しましな話をしろと藤式部丞に言い立てる。藤式部丞は「これ以上の珍しい話はない」とすましている。

指食いの女の死や、幼な子を連れた撫子の女の行方不明などが、男性の側から一方的に語られた。左馬頭と頭中将は弁舌滑らかに語ってみせたが、その内容は冷静に考えると重々しいものだった。一方、藤式部丞は、重々しい口調で語り、その内容は学問のある女性の真面目過ぎるおかしさを伝えるものだ。

しかも、読者は作者紫式部が学問のある女性であることをよく知っている。作者も自分が学問のある女であることをわきまえている。自分より才能や学識のある女性に対する当時の男性の思いを、藤式部丞に語らせることで、紫式部は何を伝えたかったのだろうか。学問のある女性を否定する女性論を展開する男性が、紫式部の周りに少なくなかったことを物語る。一見、自虐的な語り口のようにも思えるが、品定めに入る前に、「聞き苦しい話もあるだろう」と草子地で断っていたことを考えると、聞き苦しい女性論は、そういう論を展開する話者に対する間接的な批判になっているように思えてくる。

そして、最後にみんながどっと笑うような藤式部丞の女性論を聞きながら、光源氏は、「人ひとりの御ありさま」、つまり藤壺のことを思い描いて胸がふさがるような気持ちになっている。三人の女性論は、どんな女性にも男性から見ると満足できないところがあるということを伝えるものだった。しかし、光源氏にとっては、藤壺は非のうちどころがない女性なのだ。品定めする三人の会話とかけ離れた光源氏のこころのうちが伝えられる。青年たちの若さ溢れる傍若無人なダイアローグ（対話）に並行して、それとは対照的な光源氏の沈潜するモノローグ（独話）が配されて印象的である。

その後、雨が止み、天気が回復したので、光源氏は左大臣邸に赴く。葵の上が、気高くすきのないきちんとしたようすでいるのを見て、前夜聞いた女たちのようすとの違いに、光源氏は気づまりでしかたがない。そして、葵の上に仕える女官である中納言の君や中務《なかつかさ》に冗談を言って気を紛らわせる。暑いので着物が着崩れている光源氏のようすを、「見るかひあり」とみんなが見とれている。きちんとした葵の上と対照的である。しかも、葵の上に当てつけるかのように、女官たちとふざけている姿が明るく描写される。読者に、そんな光源氏のようすを御簾越しに見ながら、体を固くして、口をきっと引き結んでいるような葵の上の姿を想像させる書きぶりである。

このように、紫式部の筆致は、行間が雄弁である。丁寧にその場面の人物の挙措動作を描くことで、そこに確かに居るけれども描かれない人物のようすを伝える。また、直接登場人物が話す文言が、そういうことばを使う人物の本音や、そういうものの見方をする人物の人柄を伝えるものになっている。

言い換えると、読者に対して開かれた文体で書かれているということだ。それは、『源氏物語』が、光源氏のそばで彼の人生を見聞きした宮仕え女房の語りという枠をもち、そこに入れ子型で登場人物の語りが組み込まれていることに起因する。誰しも、誰かの話を聞くときには、その話の内容だけを聞いているのではない。語るという行為には、語り手の思いや性格などいろいろなことが表れる。話の聞き手はそのすべてを受け止める。それと同じことを『源氏物語』の読者はしているといえる。

しかも、『源氏物語』が制作された当時は、作品を音読によって鑑賞していた。紫式部が書き上げると、今か今かと続きを待ち望んでいた人たちを前に、ときには作者自身が、ときには別の女官が、作品を読んで聞かせた。その語りを聞いて、人々はさまざまなことに思いを巡らせたのである。

「帚木」の巻の雨夜の品定め部分で、光源氏は、三人の語りを聞く立場にある。したがって、光源氏も、『源氏物語』の読者たちがそうであったように、いろいろなことを思いめぐらしながら、三人の語りを聞いていたことになる。この耳をすます光源氏の行動は、空蝉との出会いの場面につながっていく。

左大臣邸では、せっかく久しぶりに来た光源氏が、方違えと称して紀伊守邸に行こうとしているのでがっかりする。方違えというのは平安貴族の風習で、陰陽道で方角が悪いところへ行くときは、いったん別のところへ行って泊まって迂回する。紀伊守はそのことを聞いて紀伊守の父・伊予守の妻が身を寄せていることを案じている。それを間接的に聞いた光源氏が、「女遠き旅寝はもの恐ろし心地」がするから、几帳のうしろに彼女を休ませてほしいとリクエストする。何かことが起こりそうだという予感が行間に満ちる。

紀伊守邸に着いた光源氏は、頭中将が話していた中の品というのは、ちょうどこのような家をいうのだろうと考えている。そうして、光源氏は、女のことを「思ひあがれる気色《けしき》（思いあがったようす）」の女性だと聞いたことがあると書かれる。そして光源氏は、人々の話声に「耳とどめたまへる（聞き耳をたてる）」。空蝉が後妻で、召使たちから、今度の北の方は身分が高く、「まめだち（まじめ）」、そして、若いという情報を得ていく。光源氏の中で、女への興味がむくむくとわきあがっていくようすが手に取るようにわかる。

紀伊守の子どもたちにまじって伊予守の一二、三歳の少年がいて、女（空蝉）の弟（小君）であることがわかる。光源氏は、小君からあれこれと空蝉のことを聞きだす。そして、寝所に通されると光源氏のリクエストのとおり、すぐそばに空蝉が寝ていることがわかる。ここで再び光源氏は聞き耳を立てる。人々が寝静まったころ、空蝉のもとに近寄っていく。目を覚ました空蝉は驚いて人違いだろうと言うが、光源氏は強引に抱きかかえて自分の寝室に連れていってしまう。空蝉が情けないことになってしまったと泣いているようすもいとおしいと思う光源氏である。

その後、光源氏は空蝉のことばかり考えるようになり、小君に手紙の仲立ちをさせる。空蝉からの返事がなく、光源氏はますます思いをつのらせる。そして方違えを理由に紀伊守邸を再訪する。なんとか空蝉に会おうとするが、空蝉はわざと遠い部屋に隠れてしまい、小君は姉を探し出せず、結局光源氏は空蝉に会うことができなかった。離れ離れのまま二人ともまんじりともせず朝を迎え、「帚木の心をしらでその原の道にあやなくまどひぬるかな（近寄ると見えなくなる帚木のように、あなたは消えてしまったので、園原の道でまよってしまった）」と光源氏が詠むと、空蝉が、「数ならぬ伏屋に生《お》ふる名のうさにあるにもあらず消ゆる帚木（取るに足りない小さな小屋で育った名前がつらく、あるともなく消える帚木がわたしです）」と応じる。「帚木」の巻の巻名の由来となったやりとりである。「帚木」は信濃国の園原伏屋というところにあったという伝説の木である。遠くからはしっかり見えているのに、近づくと見えなくなってしまう木なので、空蝉に会えないことを光源氏が「園原」「帚木」に例えて歌いかけ、空蝉が「伏屋」と縁語で応じた。光源氏ははじめて女性に拒まれる。

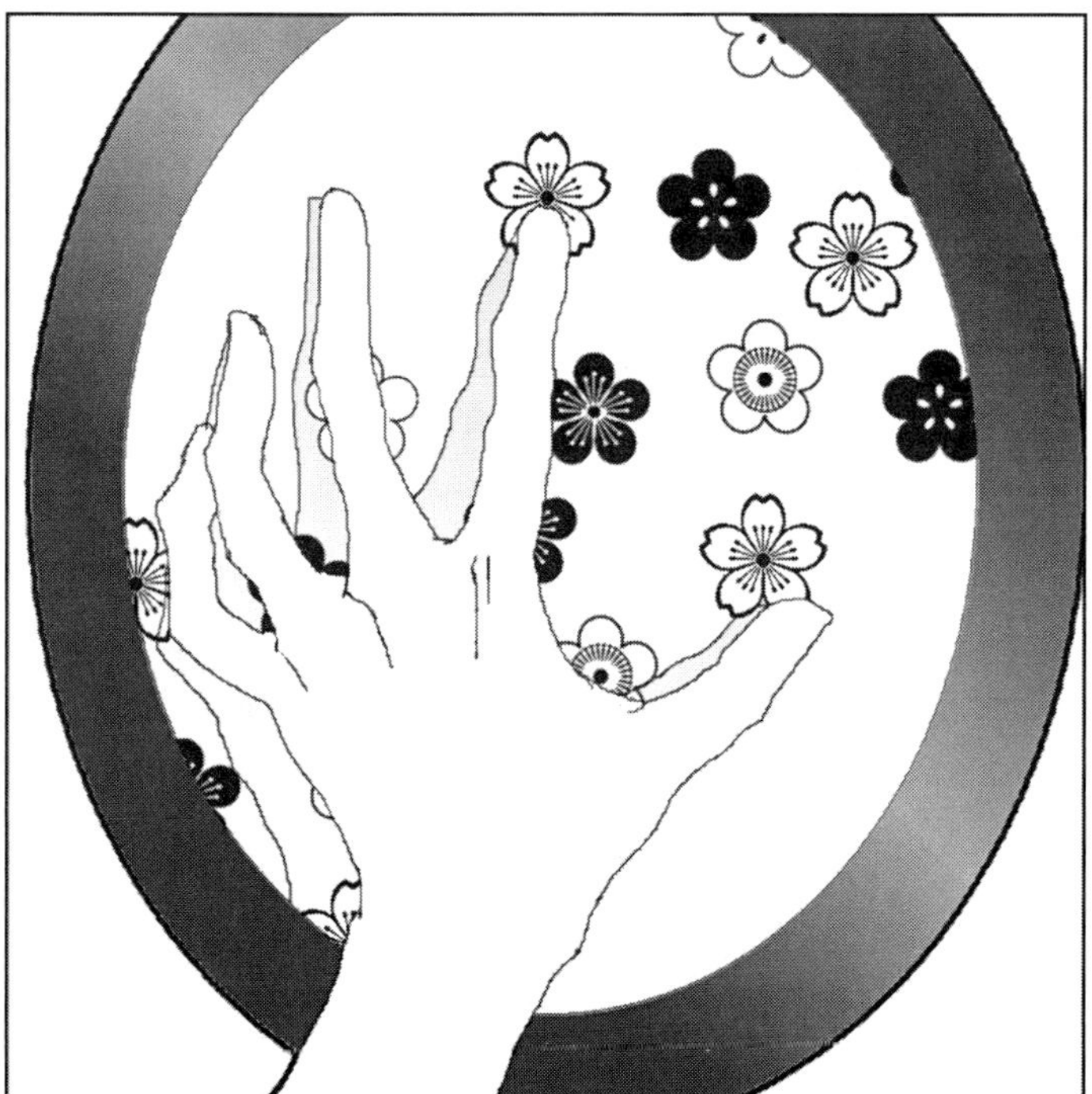

4．空蝉との出会いを書いて読む

左大臣邸から方違えのため紀伊守邸に赴いた光源氏だが、なかなか寝つけないでいる。すると襖の向こうから小君と空蝉の会話が聞こえてくる。光源氏が聞いているとも知らずに、光源氏のことを話している。光源氏が全身を耳にして聞き入っているようすが手に取るようにわかる。書き写しながら、じっくりと読み味わってみよう。わからない語句などは辞書で意味を調べると良いだろう。

君は、とけても寝られたまはず、いたづら臥しと思さるるに御目さめて、この北の障子のあなたに人のけはひするを、こなたやかく言ふ人の隠れたる方ならむ、あはれや、と御心とどめて、やをら起きて立ち聞きたまへば、ありつる子の声にて、「ものけたまはる、いづくにおはしますぞ」とかれたる声のをかしきにて言へば、「ここにぞ臥したる。客人《まらうど》は寝たまひぬるか。いかに近からむと思ひつるを、されどけ遠かりけり」と言ふ。寝たりける声のしどけなき、いとよく似通ひたれば、姉妹《いもうと》と聞きたまひつ。「廂《ひさし》にぞ大殿籠《おおとのごも》りぬる。音に聞きつる御ありさまを見たてまつりつる。げにこそめでたかりけれ」とみそかに言ふ。「昼ならましかば、のぞきて見たてまつりてまし」とねぶたげに言ひて顔ひき入れつる声す。

【口語訳】

光源氏は、とても寝つけないでいらっしゃる。無駄に横になっているようなものだと目が冴えている。部屋の北側の障子の向こうに人の気配がするのを、ここが、紀伊守が話していた人が隠れているところだろう、しみじみするものだと、お心がとまって、そっと起き上がって立ち聞きをなさっていると、さきほどの子（小君）の声で、「もしもし、どこにいらっしゃいますか」とかすれた声でかわいらしいようすで言うと、「ここに寝ていますよ。お客さまはお休みになったのですか。どんなにか（部屋が）近すぎるかと思っていましたが、遠いですね」と言う。寝ついた声が力がぬけていて、あの子にたいそうよく似ているので、姉だろうとお聞きになる。「廂の間でお休みになっています。噂に聞いていたご様子を拝見しました。とてもすばらしかったです」とこっそり話す。「昼だったら、のぞいて拝見するのに」と姉が眠そうに言って、夜着に顔を引き入れたくぐもった声がする。

第三章　「空蝉」を読み解く

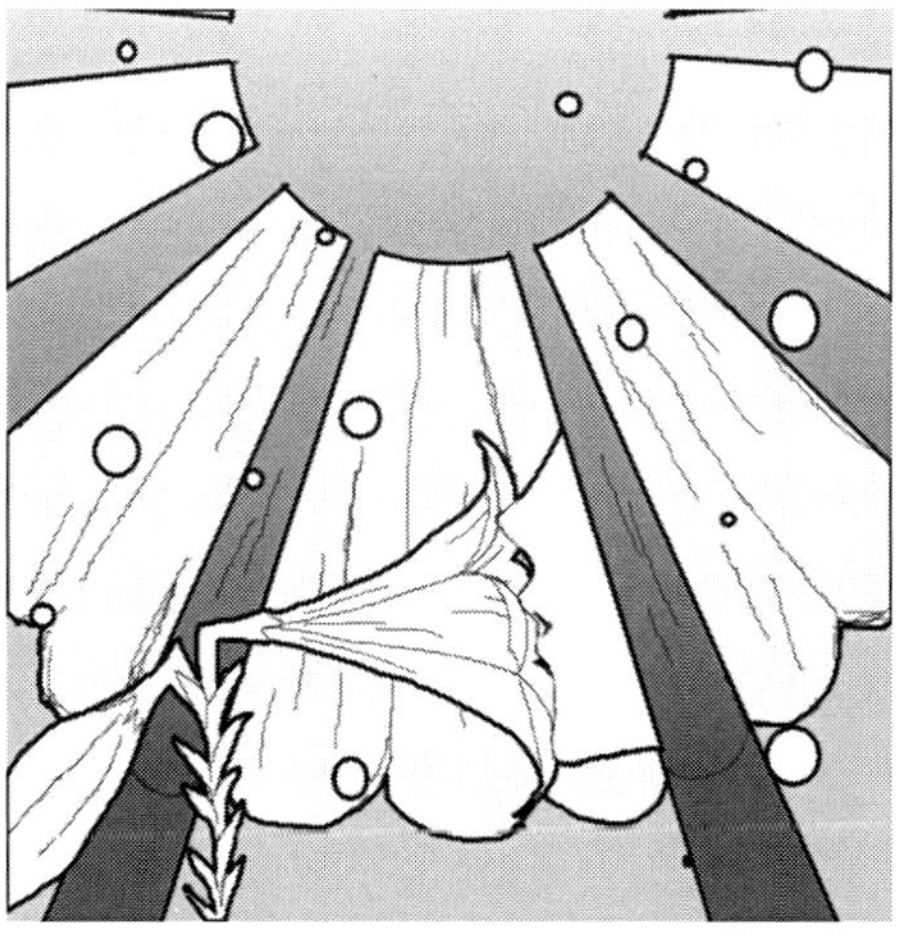

1．空蝉の拒絶

【光源氏の年齢】一七歳。身分は中将。

【登場人物】

空蝉　　伊予守の後妻。伊予守とは年の差が大きい。
小君《こきみ》　　空蝉の弟。
軒端荻《のきばのおぎ》　紀伊守の妹。

【ストーリー】

光源氏は、空蝉にかたくなに拒まれて、かえって心惹かれる。小君になんども空蝉と会えるようにしてほしいと訴える。空蝉は拒絶したものの光源氏のことが気がかりではある。

たまたま紀伊守が任地に下向して留守の折、小君は、夜、光源氏を紀伊守邸にお連れする。折しも紀伊守の妹・軒端荻が遊びに来ていて空蝉と碁をやっているという。光源氏は気になって覗いてみる。空蝉は小柄でしとやかな風情、軒端荻は大柄で派手な顔立ちである。光源氏は空蝉のつつましい様子に目を留めながらも、若々しく陽気に碁に興じている軒端荻にも心ひかれるのだった。

小君が、軒端荻が来ているので今は空蝉のところへ案内できないが、軒端荻が引き下がったら空蝉のところへお連れすると言う。

夜が更けて光源氏は小君に案内されて空蝉の寝所へ向かう。空蝉は、光源氏のことを気にして眠れないまま、隣ですやすやと寝ている軒端荻を見ている。そこに良い香りがして誰かが忍び込んでくる気配がした。空蝉はびっくりして上に羽織っていた小袿《こうちぎ》を残して、こっそりと寝所を出て行った。

光源氏は女がひとりで寝ているのを確認して、前とは違って大柄なようだと思いながらも、夜着に滑り込む。空蝉ではなく軒端荻だと気づくが、いまさら人違いとも言えず、前々からあなたに会うために片違えにかこつけて通っていたと話してごまかす。小君の車に乗って紀伊守邸を去る時にいきさつを話して配慮不足を叱責する。光源氏が持ち帰った空蝉の小袿はまさしく蝉の抜け殻で、飽かず眺める。

「空蝉」とは、蝉の抜け殻のことである。光源氏が部屋に入ってきたのを察知した空蝉が着ていた小袿だけを置いて部屋から滑り出たことから、巻名がついた。小袿は、貴族の女性が着用する上着のことだ。

空蝉は人妻としての自分の立場をわきまえて光源氏を拒み続けるが、光源氏を嫌ってのことではない。しかし、光源氏にしてみれば、はじめて女性に拒まれたということで、かえって、空蝉への思いを強めていく。『源氏物語』に直接描かれる光源氏の恋愛譚の最初が、空蝉との恋愛である点に、紫式部の工夫がある。

光源氏は、空蝉に拒まれて、小君に対し、「我はかく人に憎まれても習はぬを、今宵なむ初めてうしと世を思ひ知りぬれば、恥づかしくてながらふまじくこそ思ひなりぬれ（わたしはこのように人に憎まれるということは今までなかったが、今夜初めてつらい世の中であることを思い知ったので、恥ずかしくて、生きてはいられない思いがする）」と訴える。小君は光源氏が落ち込んでいるのを見て涙を流して同情する。

この発言によって、一七歳にして、光源氏がこれまで女性を自分の思い通りにしてきたことがわかる。紫式部は、甘やかな光源氏のロマンスではなく、手厳しい目にあってショックを受けている光源氏のようすを描くことで、逆説的にどれほど光源氏が女性たちにもてはやされる存在だったかを伝える。読者は、光源氏の数々の成功体験を知っているかのような気になる。

そして、光源氏がこの苦い経験に対してどのようにふるまっていくかを描いてドラマ性を盛り上げる。また、打ちひしがれる光源氏の風情をうつくしく描くことで、光源氏がつらい思いを余儀なくされていることに同情を集める。また、光源氏ほどの男でさえ女性に拒まれることがあるのだということを描いて、男女関係のあやにくさを強調する。

一方、光源氏のことを気にする空蝉の心中もていねいに綴られる。光源氏が遠のいてくれたことにほっとしながらも、夢のようだった一夜の契りのことが頭から離れない。光源氏が寝所に入ってきたときに驚いてとっさに抜け出してはみたものの、自分が脱ぎ捨てた小袿を光源氏が持ち帰ったことを思ってどぎまぎしている。光源氏が、「空蝉の身をかへてける木のもとになほ人がらのなつかしきかな（セミの抜け殻を残して脱皮した木の下で、殻を残していった人をなつかしんでいることだ）」と懐紙に書いた和歌を、小君に魅せられた空蝉は、その懐紙のすみにそっと歌を書き添えた。

空蝉の羽《は》におく露の木がくれてしのびしのびにぬるる袖かな

【口語訳】

蝉の抜け殻に置かれた露のように、木の陰に隠れて人目を忍んで涙で濡れる袖であることよ。

『伊勢集』の西本願寺本にこの歌が入るが、より古い写本と思われる桂宮本や歌仙家集に収載された伊勢集にはないので、『源氏物語』の影響を受けて、『伊勢集』に増補されたとされる。

態度ではきっぱりと光源氏を拒んだものの、光源氏への思いが涙となってほとばしり出る、そんな空蝉の複雑な思いをこの歌がみごとに伝えている。「隠れる」「しのびしのび」と、必死で思いを隠そうとしている空蝉だが、抑え込もうとすればするほど光源氏への尽きせぬ思いに苦しんでいる。空蝉にしても、拒んだからこそ、かえって思いが増したといえよう。

もともと「空蝉」というのは、「この世に生きている人」(『日本国語大辞典』第二版)を指す語だった。そこから転じて、この世そのものを指し、『万葉集』では「空蝉」「虚蝉」と表記した。「世・命・人・身・空・むなし・わびし」を呼び出す枕詞としても用いられた。『古今和歌集』以降、「蝉」の漢字から、蝉のぬけがらを指すようになったが、そこには仮のこの世に生きるむなしさといった無常感を感じさせる響きがある。蝉が、羽化してから七日間しか生きないことも、人生に対するむなしさやわびしさをイメージする語として定着した。彼女の名前は、「空蝉」という語がもつはかない人の世という原義と、小袿を脱ぎ捨てて床を抜けでた行為とを重ねた絶妙なネーミングといえる。文字どおりもぬけの殻となったことで、逆に、空蝉は長く深く光源氏の心にとどまる女性となった。

2. 光源氏と小君

「帚木」の巻以来、この巻でも、小君が大活躍である。光源氏は愛らしい小君のようすにもひかれており、二人が男色関係にあることが暗示される。「帚木」の最後で、空蝉に拒まれた光源氏は、小君に対し、「よし、あこだになが棄てそ(まあいい、そなたはせめてわたしを捨てないでおくれ)」と言う。小君をそばに寝かせて「つれなき人よりはなかなかあはれ(つれない人よりは、小君の方がかえって心惹かれる)」、と思っている。

当時、男色は当たり前の風習だった。『万葉集』には、越中守時代の大伴家持が、越中掾《えっちゅうのじょう》だった大伴池主との間で交わした相聞歌が収められている。『源氏物語』より百年ほどあとの時代に太政大臣を務めた藤原頼長は、後白河天皇の男色相手として知られている。彼が遺した日記『台記』には、貴族との男色関係について赤裸々に記される。僧侶の世界における稚児も性愛の対象だったし、武家社会において主君の身の回りの世話をする小姓も主君と男色関係をもった。

小君は小君で、美しく立派な光源氏が自分の家に出入りすることも誇らしく、姉と関係を持ったこと、姉ともっと関係を深めたいと思っていることがうれしくて、一生懸命仲立ちをする。光源氏の手紙を空蝉のもとに届けたり、伊予守の留守に光源氏を自分の車に乗せて家に連れてきたりする。なんとか光源氏の思いをかなえてあげたいと一生懸命なようすや、光源氏とともに一喜一憂している素直なようすが、空蝉に拒まれてつらい思いの光源氏を慰める。幼さの残る小君がほほえましく描かれる。

小君は、伊予守が留守の間に、光源氏を空蝉の寝所に光源氏を通したあと、自分はその部屋の入り口で眠りにつく。光源氏が部屋を出てきたときに起こされるが、その気配に老女が気づく。光源氏を見とがめて「だれ?」とおどろおどろしく尋ねる老女に対して、慌てて小君が「わたしだ」と答える。老女は「夜中に出歩いたりして」としかりながら近づいてくる。「なんでもない」と小君が慌てて光源氏を押し出す。しかし老女が目ざとく、「もう一人いるのはだれ?」と畳みかける。ところが、光源氏の背が高い影を、大柄な別の女官「民部のおもと」と勝手に勘違いする。そして小君に「もうすぐ同じぐらいの身長になりますよ」と言いかける。そして、民部のおもとだと思い込んで、光源氏に対して、おとといからおなかの調子が悪くて大変だと泣き言を言う。光源氏の素性がばれるのではないかと、小君も光源氏も気が気ではなかっただろうが、当時の夜は満月の夜でもないかぎり大変暗い。ましてや老女なので、夜目もきかない。しかも腹痛を患っていて気が散漫になっている。老人独特の思い込みが幸いして光源氏だとばれることはなかった。

このような諧謔的な場面が挿入されることで、語りのリズムに緩急が生まれる。忍び歩きをすることが多い光源氏には、常につきまとうリスクといってよいだろう。「かかる歩きは軽々しく危《あやふ》かりけりと、いよいよ思し懲り」た、と書かれるのもおかしい。

小君は、空蝉と軒端荻がいっしょにいることを知らずに光源氏を空蝉の寝室に案内して、光源氏に叱られたが、そのことで、空蝉にも叱られてしまう。光源氏も空蝉も小君には気をゆるしている。そして、二人ともやり場のないいらだちを小君にぶつけてしまっている。

悲劇的な要素と喜劇的な要素が混ざり合う。喜劇的で楽天的なムードを醸成する小君の存在意義は大きい。

3．空蝉と軒端荻

この巻において重要な役割を果たすもうひとりの人物が、軒端荻である。伊予守の先妻の娘で、後妻である空蝉が年若いので、義理の母と娘の関係にあるが、まるで姉妹のようにみえる。小柄で控えめな空蝉と大柄で華やかな軒端荻は対照的でもある。

「荻」は薄に似るが、薄よりも丈が高くなる。『日本国語大辞典』（第二版）には次のような解説がある。

万葉集にはわずか三例、古今集には見えないから、古今集以後、後撰集以前に秋の歌材として急浮上したらしい。特に、葉が注目され、葉に置いた露が風にこぼれると露との関わりで詠まれたり、下の方に隠れて風の当たらない葉を「下葉」といって忍ぶ恋の比喩としたりする。恋歌では、恋しい人の便りを風によそえ、風にそよとそよぐ音に「其よ《そ》」を掛けて詠むこともある。

『後撰和歌集』の成立は『源氏物語』が書かれるより少し前である。平安時代の後期になって風にそよぐ風情が秋のわびしさを伝えるものとして詠まれるようになったようだ。紫式部は、「夕霧」の巻で「荻原や軒端の露にそぼちつつ八重たつ霧を分けぞゆくべき（荻のはえる草原を軒端の露に濡れながら、立ち込める霧を分けて進もう）」という和歌を、夕霧に詠ませている。亡くなった柏木の妻・落葉の宮に対する歌である。歌語としての荻を発見したのは紫式部といえよう。

大柄であること、空蝉と囲碁の勝負をしながら快活にふるまっているようすは、二メートル前後に丈を伸ばし風に吹かれて大きな穂を揺らす荻の風情と通じ合うものである。

軒端荻の容姿を描写した部分を確認してみよう。

白き羅《うすもの》の単襲《ひとへかさね》、二藍《ふたあい》の小袿だつものないがしろに着なして、紅の腰ひき結へる際まで胸あらはにばうぞくなるもてなしなり。いと白うをかしげにつぶつぶと肥えてそぞろかなる人の、頭つき額つきものあざやかに、まみ、口つきいと愛敬《あいぎやう》づき、はなやかなる容貌《かたち》なり。髪はいとふさやかにて、長くはあらねど、下り端《ば》、肩のほどきよげに、すべていとねぢけたるところなく、をかしげなる人と見えたり。

【口語訳】

白い薄物の単衣襲に二藍の小袿めいたものを適当に着て、紅の袴の腰ひもを結んである際まで胸をあらわにして放埒な風情である。とても色白でかわいらしくぷくぷくと太った背の高い人で、頭つきや額のかたちがはっきりしていて、目元や口元に愛敬があって華やかな顔立ちである。髪はとてもゆたかで、長くはないが、切りそろえた端や肩先のようすが美しく、全体にとてもねじ曲がった感じのしない美しい人に見える。

派手であでやかな外見だが、着物の着方などが無造作で、おおらかな性格であることがわかる。姿かたちだけでなく、人間性の点でも空蝉と対照的である。紫式部はこのような対位法ともいうべき方法で、あざやかに人物を対比しながら、光源氏の周囲に配置する。

光源氏は空蝉と勘違いして軒端荻と一夜を過ごすが、軒端萩が光源氏の勘違いにまったく気づかないようすなのを、「まだいと若き心地」、つまり若さゆえの判断不足だと考えている。そして、軒端荻が「なま心なく若やかなるけはひ（なまじませたところがなく若々しい気配）」であるようすに心を動かされて、細やかな情で対応している。そして、かたくなに自分を拒む空蝉と引き比べて、空蝉をうらめしく思うのである。

しかし、自分の立場が気軽にふるまえないものであることを伝えて、簡単に会いに来ることができないと牽制しつつ、「いつまでも自分を思ってほしい」とも言う。そして小君と通じて手紙を出すことを約束するのである。

人違いから成り行きで一夜を共にした割には、調子がいいようにも思える。軒端荻にしてみれば、まさか自分が空蝉の身代わりだったとは夢にも思っていない。

そして空蝉という義母の身代わりという構図は、藤壺という義母に心惹かれる光源氏という倒錯した人間関係と響き合うものでもある。当時の住居が、侵入しやすい開放的な作りであったこと、後添えをもらうことが当たり前であったこと、貴族社会においてははるかに年の離れた年の差婚が政治的な理由でしばしば行われたこと、貴族社会が通い婚であったことなど、当時の社会的な状況から、このような人間関係の倒錯はしばしば起こったことだったのだろう。また、忍んでいったらそこに別の人が寝ていたということはありがちなことだったのかもしれない。

いずれにしても、作品においてはじめて語られる具体的な光源氏の恋愛譚が、拒絶と勘違いをモチーフにしているという点におもしろさがある。光源氏をとりまく予想外のできごとが光源氏の人生を誰も予想できない方向に押し進めていくことを暗示する。

4.「空蝉」に託す思いを書いて読む

ここでは、前節1で紹介した光源氏が懐紙に書いた「空蝉の身をかへてける木のもとになほ人がらのなつかしきかな」という和歌に空蝉が自分の歌を書き添える場面を書き写してみよう。引き歌として「鈴鹿山伊勢をの海人《あま》の捨て衣しほなれたりと人やみるらむ（涙で濡れたわたしの脱ぎ捨てた着物を、鈴鹿山の方にある伊勢の海人が脱ぎ捨てた海水に濡れた衣と見てしまうでしょうか）」という『後撰和歌集』の恋歌が引かれている点にも注目し、和歌の抒情性が作品にえもいわれぬ余韻を残している点を味わっていただきたい。

左右《ひだりみぎ》に苦しく思へど、かの御手習とり出でたり。さすがに取りて見たまふ。かのもぬけを、いかに伊勢をの海人のしほなれてやなど思ふもただならず、いとよろづに乱れて、西の君も、もの恥づかしき心地して渡りたまひにけり。また知る人もなきことなれば、人知れずうちながめてゐたり。小君の渡り《り》歩くにつけても胸のみふたがれど、御消息《せうそこ》もなし。あさましと思ひ得る方《かた》もなくて、されたる心にものあはれなるべし。つれなき人もさこそしづむれ、いとあさはかにもあらぬ御気色《けしき》を、ありしながらのわが身ならばと、とり返すものならねど、忍びがたければ、この御畳紙《たたうがみ》の片つ方に、

空蝉の羽《は》におく露の木がくれてしのびしのびにぬるる袖かな

【口語訳】

小君はあちこちで叱られて苦しく思うが、光源氏が和歌をお書きになった懐紙を取り出した。さすがに空蝉は手に取ってごらんになる。あの脱ぎ捨てた抜け殻を、歌に詠まれた伊勢の海人の捨て衣のように涙で濡れていたと思われるのも気がかりで、たいそういろいろと取り乱している。西の君（軒端荻）も、なんとなくばつが悪くて西の対に行ってしまわれた。また、知る人もないことなので、誰にも知られず、物思いにふけっている。小君が歩き回っているにつけても胸がふさがるような思いがするが、光源氏からのお手紙はない。それを残念だと思う気分でもなくて、世なれた心にもしみじみとするようだ。光源氏につれなくした空蝉がこれほど沈み込んでいるのは、とてもいい加減ではない光源氏のお気持ちを、かつての娘時代のわたしであればと、今さら取り返しようがないが、耐え難いので、この懐紙の片端に、

蝉の抜け殻に置かれた露のように、木の陰に隠れて人目を忍んで涙で濡れる袖であることよ。

第四章　「夕顔」を読み解く

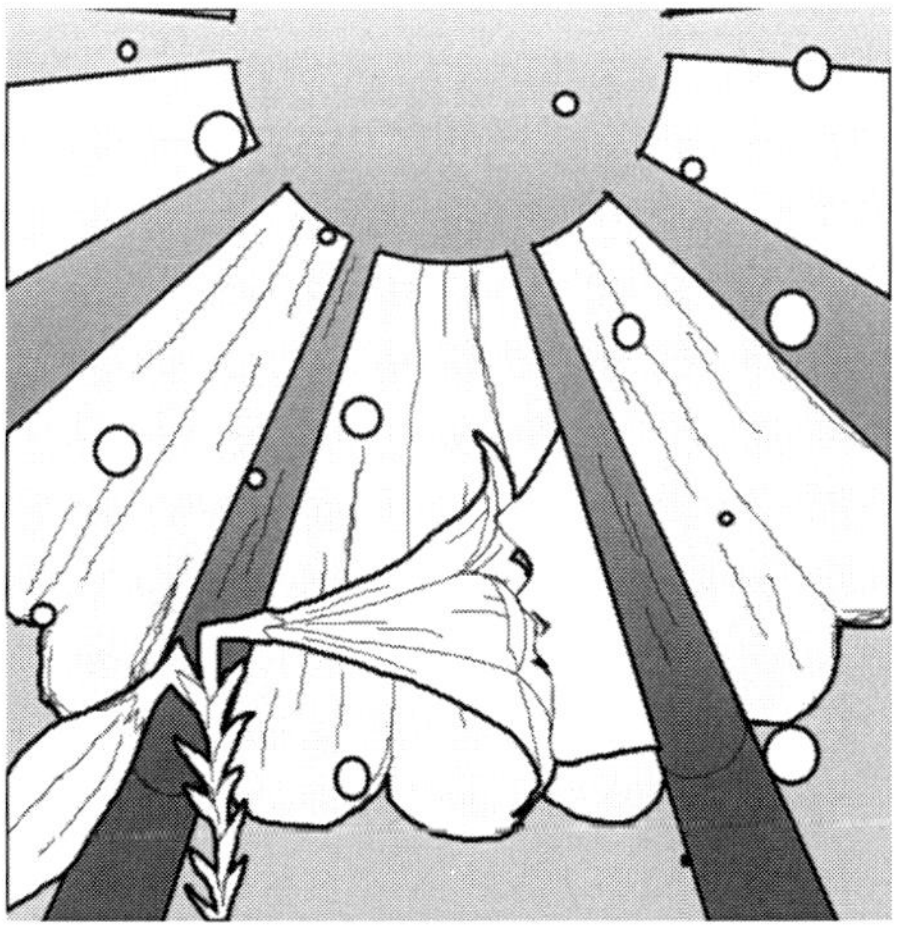

1. 夕顔の花を介した出会い

【光源氏の年齢】一七歳。身分は中将。

【登場人物】

夕顔　　頭中将がかつて一女をもうけた撫子の女。一九歳。

惟光《これみつ》　　光源氏の乳兄弟。腹心の部下。

右近　　夕顔の侍女。

空蝉　　伊予守の後妻。

【ストーリー】

光源氏は、亡くなった前の東宮妃だった六条御息所のところに忍んで通っていた。ある夏、光源氏の乳母だった大宰大弐《だざいのだいに》の妻が出家し病に伏せっているのを見舞った折に、夕顔の花が垣根に咲く隣家を覗いた。護衛の一人に夕顔を手折らせようとすると、中から女童《めのわらわ》が出てきて、この上に花をのせてさしあげましょうと言って香をしっかりとたきしめた白い扇を差し出した。扇には女童の主の和歌が書かれていた。それに心惹かれた光源氏は、惟光に女主の素性を調べさせる。すると彼女は、頭中将がかつて関係をもった撫子の女らしいとわかる。

光源氏は女の家を訪ね、一夜をすごす。光源氏は、おっとりとして愛らしい夕顔に夢中になる。八月十五夜、光源氏は、某院《なにがしのいん》に夕顔を連れ出す。その夜半、光源氏が不思議な夢を見て目覚めると、夕顔のようすがおかしくあっという間に亡くなってしまう。

密かに夕顔の葬儀を行い、夕顔に仕えていた右近を自邸の二条院に引き取る。光源氏は悲しみのあまり重く患い、命の危険があるほどだった。ようやく癒えた秋の末、右近からはっきりと夕顔が撫子の女であったことを聞く。夕顔の三歳の娘が西の京にいることを知り、引き取りたいと願う。

小君が光源氏のもとに出入りしていたが、とくに空蟬に手紙を書くこともしないでいたところ、空蟬から見舞いの手紙が来た。光源氏は空蟬の和歌に返歌する。軒端荻のもとに蔵人少将《くろうどのしょうしょう》が通っていると聞いて、小君に手紙を託す。軒端荻から返歌がある。空蟬は夫とともに伊予に下ることになり、光源氏と和歌のやり取りをする。

夕顔の花は、夏の夕方開花し、芳香を放つ。現在の夕顔の花は朝顔より二回り大きな花である。夏の夕暮れ時に民家の垣根などに咲いているると思わず足をとめて見入ってしまうおもむきのある花だ。『源氏物語』が書かれたころの夕顔の花はどのようなものだったのだろうか。光源氏は、自分の乳母だった女性の見舞いに乳兄弟の惟光とともに訪れる。車を降りて惟光が門を開けるのを待っていると、隣家の家にいる女性たちの影が見えて興味を覚える。

檜垣《ひがき》といふもの新しうして、上は半蔀《はじとみ》四五間ばかり上げわたして、簾などもいと白う涼しげなるに、をかしき額つきの透影《すきかげ》あまた見えてのぞく。

【口語訳】

檜垣というものを新しくして、上部は半蔀を四、五間ほど跳ね上げて、簾などもたいそう白く涼し気であるところに、かわいらしい額つきの姿がたくさん透けて見えて、こちらを覗いている。

やつしているものの、見かけない貴人の車が停まっているので、家の中から誰だろうと覗いている女たちのようすを見て、逆に光源氏もだれが住んでいるのだろうと気になる。ふと見ると青い葛《かずら》が生えている土塀に「白き花ぞ、おのれひとり笑みの眉ひらけたる（白い花が、自分一人だけ笑っているように）」ように咲いている。光源氏は「うちわたす遠方人《をちかたびと》にもの申すわれそのそこに白く咲けるは何の花ぞも（見渡すかなたにいる遠くの人にお尋ねします。そこに白く咲いているのは何の花ですか?）」（『古今和歌集』）という旋頭歌を頭に置いて、「をちかた人にもの申す」とだけつぶやく。それだけで随身《ずいじん》（警護の役人）が「かの白く咲けるをなむ、夕顔と申しはべる。花の名は人めきて（あの白く咲いているのは夕顔と申します。花の名が人の名前みたいでして）」と答える。知的で軽妙なやり取りである。光源氏は、花の名だけを聞いているのではなく、御簾の向こうにいるそれなりの身分の女性と思われる人に興味を抱いている。随身もそのことを承知の上で、花の名が人の名前みたいだけど、主の名前が気になるのでしょう？　というニュアンスで答える。いつも光源氏の忍び歩きに付き添って警護している随身なのだろう。随身には光源氏の思いが手に取るようにわかるに違いない。

そんなやりとりに呼応するかのように、家の中から女童が出てきて、香をしっかりとたきしめた白い扇を差し出し、「これに乗せて花をお持ちください」と言う。そこへ乳母の家から惟光が出てきて、鍵をどこかに置き忘れて門を開けるのに手間取って待たせたことを詫びながら、光源氏のことを見知っている人もいないだろうけど、と言いながらこのようなごみごみした通りに光源氏を立たせて待たせてしまったことを詫びる。光源氏と光源氏が乗ってきた車を敷地の中に導く。光源氏はすでに夕顔の家の中の女たちに見られてしまっている。随身のことばとともに、惟光のこのことばも、これからの展開への伏線になっている。紫式部は、ていねいな筆致で夕顔との出会いに向けてコマを進めていく。女童が持ってきた白い扇には夕顔の和歌が書かれているのだが、惟光を登場させて、光源氏が和歌に気づくのを先延ばしする筆の運びも絶妙である。

久しぶりに乳母と対面した光源氏は、しみじみと感謝のことばを述べながら、乳母を慰める。そして、紙燭《しそく》（松の木の先に油を塗りつけて火を灯し、手もとは紙で巻いた携帯用の灯り）を持ってこさせて改めて扇を見る。あたりがすっかり暗くなっていることがわかる。灯りに照らされた白い扇から移り香が広がり、和歌が書かれているのが見える。美しい演出によって夕顔の流れるような筆跡で、次のような上品な和歌が立ち現れる。

心あてにそれかとぞ見る白露の光そへたる夕顔の花

【口語訳】

あてずっぽうにあの人かなとお見受けしております。白露の光を添えた夕顔の花が美しく見えます。

古歌「心あてに折らばや折らむ初霜の置きまどはせる白菊の花（あてずっぽうに折れるなら折りましょう、初霜が降りてどこに白菊があるかわからないので）」をふまえて、「ひょっとして光源氏ではないか？」と問いかけている。光源氏を「白露の光」に例えて、噂では聞いていたけれど、ほんとうに光源氏が美しくてびっくりしているようすがわかる。そして、光源氏が夕顔の花を手にすると、美しさが倍加するようだと、光源氏を見た感動を伝える。光源氏は「いと思ひのほかにをかしうおぼえ（たいそう意外なことで興味深く思ひ）」、惟光に隣家にはだれが住んでいるのかと尋ねる。惟光はまた光源氏の悪い癖がはじまったと半ばあきれながら、「よくわからない」とそっけなく答える。光源氏は懐紙に「寄りてこそそれかとも見めたそかれにほのぼの見つる花の夕顔（近寄ってこそはっきりと見えるでしょう。黄昏時に見た夕顔の花を）」としたため、会いに訪れることを予告して、随身に持って行かせる。

ここまでの描写で、夕顔の家の白い簾、夕顔の白い花、女童が持参した白い扇、夕顔の和歌に書かれた白露、と「白」という色が多用されているのがわかる。夕暮れどきから夜にかけて、ぼんやりと簾、夕顔、扇が浮かび上がり、薄暮の中で際立つ光源氏の美しさ。室内の紙燭に照らされて再び白い扇に視線が集まる。純粋無垢で清らかなイメージをもつ「白」が強調されると同時に、このあとはかなく消えてしまう夕顔の命を思うと、どこか死の影をまとった白のようにも思える。

2．夕顔の死

年上でもあり高貴な身分でもある六条御息所の家では、くつろげない光源氏は、「ありつる垣根（先日の垣根）」のことなど思い出すこともできない、と書かれる。しかし、「ありつる垣根」というひとことが、読者に対して、外から中が簡単に覗けるような家に住み、気軽に「光源氏さんではないですか？」と言いかけてきた気さくな夕顔と、大きな屋敷の奥に静かに暮らしている高貴な気の置けない御息所の違いをはっきりと示す。

また、ここで伊予守が任国から上京し、光源氏の元を訪ねる。光源氏の思いは、再び自分を拒んだ空蝉に向かう。拒絶されたからこそいつまでも思いを引きずっているようすが描かれる。空蝉も六条御息所とは違う意味で夕顔と対照的な女だった。

秋になって、六条御息所が「いとものをあまりなるまで思しめたる御心ざま（たいそう物事を極端なまで思いつめるお心のようす）」であると書かれ、後に描写されるおっとりとした夕顔と対照的である。光源氏が訪れない「夜離れ《よがれ》の寝ざめ寝ざめ」にあれこれと物思いに沈んでいると重ねて思い込みの強さが強調される。

ようやく惟光が夕顔の情報をもってくる。ちゃっかり夕顔に仕える女房と恋仲になり情報をさぐったようである。夕顔の家のそばで頭中将の随身や小舎人童《こどねりわらは》（貴族の身の回りの世話をやく少年）を見かけたと言い、雨夜の品定めのときに頭中将が話していた撫子の女であろうと言う。光源氏は尼君の見舞いにことよせて夕顔を訪ねることにし、やがて、頻繁に夕顔の家に通うようになる。

「あやしきまで、今朝のほど昼間の隔てもおぼつかなくなど思ひわづらはれたまへば（不思議なくらい、朝別れてきたばかりの昼間にももどかしいくらい思いわずらっていらっしゃるので）」、と自分でも異常だと思うほど夕顔に激しく思いを寄せている。何とか二条院に迎えられないものかと思う。

八月十五夜、夕顔と一瞬たりとも離れていたくない光源氏は、このあたりの屋敷で一晩いっしょに過ごそうと言って、夕顔を誘い出す。夜明け近くに、夕顔に仕える右近や随身を伴い牛車に乗って夕顔の家を出て、某院に向かう。夕顔はふと不安になるが、屋敷についてみると、廃院ながらこざっぱりと整えられている。右近は光源氏が夕顔を大事に思っていることがわかって喜ぶ。一日中いっしょに過ごす。自分で女と一夜を過ごしていた惟光が、光源氏の居場所を探し当ててやってくる。夕暮れ時にほのかに浮かび上がる夕顔の顔もかわいらしく、また、知らない場所で一日中おびえたようにしている姿もいとおしく、いつまでもいっしょにいたいと思う。また、六条御息所の重たさと引き比べて、ますます夕顔を得難い人だと感じている。

宵を過ぎてうたたねをした夢枕に美しい女が立つ。夕顔にうつつを抜かしているのがつらいと言って、その女が、夕顔を引き起こそうとしている。光源氏は何かに襲われたような気がして目を覚ますと、灯りが消えてしまっている。太刀を抜いてから右近を起こすと、右近もまた、何か恐ろしさを感じているようすである。すると、夕顔が脂汗を流して体を震わせている。光源氏が、随身に灯りを持ってきて弦打ち（魔よけのために弓を弾いて音を出すこと）をするように命じる。部屋に戻ってみると夕顔が息をしていない。随身が灯りを持ってきたので、夕顔の顔を照らすと、枕元に、夢に現れた女の顔が見えてふっと消え失せた。惟光は再び女のところに行ってしまっていたので、急いで惟光を呼びにやる。祈祷のための阿闍梨《あじゃり》も呼んでくるようにと命じる。夜明けまでの時間がとてつもなく長く感じられる。

急転直下のできごとである。二人で幸せをむさぼっていった時間があっという間に遠のき、恐怖と悲しみのどん底に突き落とされる。

腹心の部下、惟光が、やっとやってきて、光源氏は事情を説明し、「彼女はどこか具合の悪そうなところがおありでしたか」という惟光の問いかけに、「そんなことはなかった」と言って、はじめて涙を流す。光源氏は、亡くなった夕顔を気丈に抱きかかえたままだったが、惟光の顔を見てほっとしたとたんとめどなく涙があふれ出る。見ている人たちも悲しみのあまり泣き伏す。夕顔の遺骸を蓆《むしろ》にくるみ右近とともに牛車に乗せ、目を真っ赤に泣きはらした光源氏がもう一台の牛車に乗り、二条院に帰っていく。なんとも痛ましい光景である。

せっかく出会えた中の品の女、夕顔は、光源氏にとって、葵の上や六条御息所とは違ってこころから打ち解けて過ごせる女だった。我を忘れるくらい夕顔をいとしいと思っていた。その彼女が、あっという間に世を去ってしまった。

悲しみに沈みながら、光源氏は、「おほけなくあるまじき心の報い（身のほどしらずなあってはならない悪い心の報い）」であろう、つまり、藤壺への恋慕の情のせいであろうと考える。自分の身のうちの思いが、「あやしげな女」に夕顔を取り殺させることになってしまったのだろうと言うのである。これは、本書「はじめに」の第3節で紹介した『紫式部集』にある「なき人にかごとをかけてわづらふもをのがこころのおににやはあらぬ（亡くなった人に恨みをいだいて病んでいるのも、自分の心に住んでいる鬼のせいではないでしょうか）」という歌と通じる考え方である。確かに、夕顔を取り殺したのは「をかしげなる女」の物の怪である。そして、そこまでに綴られた六条御息所の思い込みの激しさが、光源氏への執着心の強さとなって、夕顔への激しい嫉妬心から夕顔を襲ったということがあるかもしれない。しかし、光源氏は、そのような物の怪を出現せしめた根本的な原因は自分の道ならぬ恋情にあることを自覚している。

紫式部が『源氏物語』において最初に具体的に描いたのが拒む女・空蝉との恋、そして、その次が、愛する女を死なせてしまった恋である。わずか一七歳の青年が体験するにはあまりにも強烈な恋だった。

3．光源氏の病

光源氏は、屋敷に戻り、穢れに触れたので、と誰にも会わず、宮中にも出仕しない。惟光がてきぱきと立ち回って、密葬の手はずを整える。光源氏が右近のようすを聞くと、夕顔のあとを追いかねないぐらい動揺が激しいという。帝が心配しているからと左大臣の息子たちがやってきたので、仕方なく、頭中将だけを御簾のうちに入れて、乳母だった尼の病が重くなったので見舞いに行っていたら、その家の下人が亡くなったので穢れに触れた、明け方から風邪をひいたのか頭痛がする、とごまかす。頭中将がさらに細かく尋ねようとするので、内心どきりとしながら、思いがけなく穢れに触れたので動揺したのだとごまかす。

光源氏はもう一度夕顔の亡骸に会いたいと、清水寺での葬儀に赴く。夕顔は生きているときと少しも変らぬ美しさである。光源氏は、もう一度声を聞かせてほしいと言って、声をあげて泣き続ける。惟光にせかされて夜明け前に帰途につくが、馬にも乗っていられないくらいである。とうとう賀茂川の堤近くで、気分が悪くなって馬から滑り降りてしまった。惟光は、葬儀などに連れ出すのではなかったと後悔する。川の水で手を洗うなどして気を取り直し、やっとのことで二条院に帰りつく。そして、その後、光源氏は寝ついてしまう。

光源氏の病が宮中にも知らされ、絶え間なく加持祈祷が行われる。心身の気力を失った光源氏は二条院に引き取った右近に次のように言う。

あやしう短かかりける御契りにひかされて、我も世にえあるまじきなめり。年ごろの頼み失ひて心細く思ふらん慰めにも、もしながらへばよろづにはぐくまんとこそ思ひしか、ほどもなく、また、立ち添ひぬべきが口惜しくもあるべきかな。

【口語訳】

不思議なことに短い命だったあの人とのご縁にひかれて、わたしも世に生きていられないようだ。あなたが、長年頼みにしてきた主人を失って心細く思っているだろうからせめてその慰めとなるように、いろいろとお世話をしてあげようと思っていたが、すぐに、また、わたしも夕顔に従って死んでしまいそうなのが残念なことだ。

愛する人が亡くなってしまったら生きている意味がない、あとを追って死んでしまいたい、死んでしまいそうだ、と思うのは自然な感情だろう。周りのものはなぐさめようがない。

光源氏が弱っているという知らせに、帝も心配して、何度もようすを尋ねる使者をよこす。申し訳なく思う光源氏は、気を取り直そうと努める。二〇日ほどたってだんだん快方に向かい、ようやく宮中にも参内する。若い男性が三週間も床につくというのは尋常ではなく、周りの心配ももっともである。

いったん病は癒えたかのように見えるが、次の巻「若紫」の冒頭で光源氏は瘧病《わらはやみ》に罹患しており、生命力が失われ、免疫力がさがってのことだと思わせる。

さて、やつれはしたものの回復した光源氏は、改めて右近とゆっくりと語り合う。そして、夕顔が、やはり頭中将が話していた撫子の女であること、おととし娘が生まれたがそのことを頭中将は知らないだろうということ、その子は西の京あたりにいると教えてくれる。光源氏はぜひともその子を二条院につれてくるようにと言う。そして、光源氏はいかにも頼りなげだった夕顔がとてもいとおしかったということを飽かず右近に語り続ける。

比叡山で夕顔の四十九日の法要を営み、高徳の僧となっている惟光の兄が立派に勤行を行う。光源氏はせめて夢でもいいから夕顔に会いたいと思い続けている。すると法要のあと、某院にいる夕顔とその枕元にいた女の姿を夢に見た。光源氏は、この夢を、「荒れたりし所に棲みけんものの我に見入れけん（荒れた所に棲んでいる魔物が自分にとりついたのだろう）」と解釈する。夕顔との逢瀬の合間に六条御息所のようすを描写して、読者に対し、いかにも六条御息所の生霊であるかのように思わせるが、そうではない、という書き方である。六条御息所が生霊となって出現するのは、もう少しあとの「葵」の巻以降である。

いずれにしても、物の怪という鬼は、自分の心の中の執着心の鏡像であるという紫式部の考え方からすると、光源氏の心の闇が外在化したものが物の怪である。『源氏物語』にしばしば出現する生霊や死霊といった物の怪は、光源氏の愛する女性たちを窮地に陥れる。夕顔や葵上のように死に至る場合もある。

久富木原玲氏は、これを「御息所のゆかり」と名付けた（『源氏物語　歌と呪性』若草書房、一九九七年一〇月）。一般に、桐壺更衣、藤壺、紫の上のように紫色に関係する名前をもつ女性たちを「紫のゆかり」というが、久富木原氏は、ふたつのゆかりが表裏一体となって『源氏物語』の壮大な物語世界の根底を支えていると分析する。また、氏は、「烏滸のゆかり」ともいうべき滑稽譚が時折物語に挿入されて、語りに緊張と弛緩がもたらされるとも指摘する。『源氏物語』の多様な側面を解析した論として首肯すべきものだろう。

光源氏は幼いときに生母と死別しているが、そのときはまだ三歳（現在の満年齢でいうと二歳）だった。母を失ったという欠落感はその後の人生に影をなげかけるが、現実に、自分が大切に思っていた人が消滅してしまうという経験はこれがはじめてである。母の喪失という欠落感をもっていただけに、愛する女性を失った衝撃はその欠落感と共鳴して、よりいっそう強いダメージを光源氏の心身に与えたといえるだろう。さらに、光源氏の夕顔に対する愛情が、我を忘れるほどだったことも愛別離苦の辛さを強烈なものにしている。

四六時中そばにいたいと思って離れがたい気持ちになったのは、永遠に離れ離れになるという未来ゆえのことだったのかと、読者は慄然とする。そして、冒頭部で強調されていた白が、純粋無垢な夕顔の美しさを表すイメージと重なり、その夕顔があっという間に死んでしまったことで、切なく悲しいものというイメージに塗り替えられる。

夕顔が地上から去り、空蝉が都から去る。中の品の女との恋に終止符が打たれる。順風ではない恋が物語の前面に押し出されて描かれる。それ以外の忍び歩きが遠景に配置される。また、合間に葵の上との夫婦生活のようすや六条御息所とのやりとりが挿入される。次から次に恋模様を描く方法として巧みである。

4．「空蝉」との贈答歌を書いて読む

「夕顔」の巻の最後に、上京していた伊予守が再び任国に下るというので、光源氏は餞別を届ける。空蝉には、内密にたくさんの贈り物を届ける。その中に、空蝉の寝室から持ち帰った小袿も入れて贈る。光源氏の歌への空蝉の返歌は、最後の最後まで人妻としての矜持を失わないものだった。二人のやりとりを書写しながら、これまでの空蝉との恋、夕顔との恋などを振り返ってみよう。

こまやかにをかしきさまなる櫛、扇多くして、幣《ぬさ》などわざとがましくて、かの小袿も遣はす。

　逢ふまでの形見ばかりと見しほどにひたすら袖の朽ちにけるかな

こまかなることどもあれど、うるさければ書かず。御使帰りにけれど、小君して小袿の御返りばかりは聞こえさせたり。

　蝉の羽《は》もたちかへてける夏衣かへすを見ても音はなかれけり

思へど、あやしう人に似ぬ心強さにてもふり離れぬるかなと思ひつづけたまふ。今日ぞ、冬立つ日なりけるもしるく、うちしぐれて、空のけしきいとあはれなり。

【口語訳】

細かい意匠の美しい櫛や扇を多く用意して、(旅の安全を祈り道祖神に掛ける) 幣なども特別にあつらえ、例の小袿も餞別の中に入れる。

　もう一度会えるまでの形見の品とばかり、見るたびに涙で濡れた小袿の袖は朽ち果ててしまいました。

ほかにも細かなことがいろいろあったが、煩わしいので書かない (草子地)。餞別の品を届けに来たお使いが帰ってしまったが、空蝉は小君に、小袿のことだけは返歌にしたためてお伝えする。

　蝉も羽ばたいて立ち去り、蝉の羽のような夏の衣も裁ち切って衣更えをしました。返してくださった小袿を見ても鳴き声をあげるしかありません。

思ってみても、不思議なほどほかの人とは違う心強さをもって、振り切るように離れていってしまったことだなと思い続けになる。今日が立冬である証拠に、時雨がふっているようすがたいそうしみじみと心にしみることだ。

第五章　「若紫」を読み解く

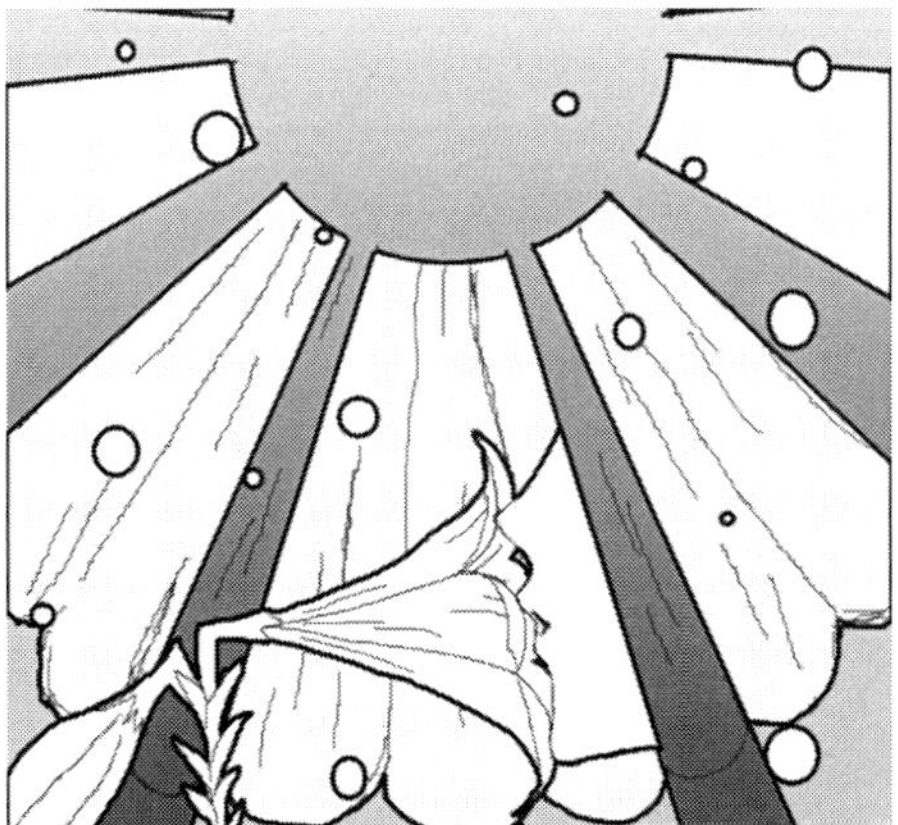

1．北山での出会い

【光源氏の年齢】一八歳。身分は中将。

【登場人物】

北山の聖　瘧病《わらはやみ》の光源氏に加持を授ける北山の高僧。

尼君　若紫の祖母。

若紫　兵部卿宮《ひょうぶきょうのみや》の娘。藤壺の姪。母を亡くし、祖母に育てられている。

僧都　北山の聖の弟子。僧都の坊に尼君と若紫が身を寄せている。

葵の上　光源氏の正妻。左大臣の娘。

藤壺の宮　桐壺帝の女御。光源氏の憧れの女性。病のため里に下がっている間に光源氏と密会。

王命婦《おうみょうぶ》　藤壺の宮に仕える女官。光源氏との関係を仲立ち。

兵部卿宮《ひょうぶきょうのみや》　若紫の父。

【ストーリー】

光源氏は、瘧病の治りが悪いので、多くの人の瘧病を治したという北山の聖に治療してもらうことにする。年を取って足腰がたたず外出がままならないというので、光源氏がお忍びで出向くことになった。北山の僧房には尼と少女が住んでいた。垣根越しにはつらつとした美しい少女を垣間見た光源氏は、強く心惹かれた。少女は藤壺にそっくりだった。

少女は、兵部卿宮の娘で、母が亡くなり、祖母の尼君に育てられていた。若紫（紫の上）である。尼君の病気治療のために北山に静養にきていたのだった。光源氏は、彼女を二条院に引き取って養育したいと考え、北山の僧都や尼君に申し出るが、まだ幼いという理由で、相手にしてもらえない。光源氏はあきらめきれないまま、とりあえず尼君たちと別れて京に戻る。若紫は源氏が去ったあと光源氏のすばらしさを思って、人形を光源氏に見立てて遊んでいる。

北山から戻った光源氏は、宮中に行き、その後左大臣邸に赴き葵の上と対面する。相変わらず気づまりで、ついついなんとか若紫を引き取りたいとばかり考えている。

藤壺が病のため実家に戻っていた。光源氏は王命婦《おうみょうぶ》に仲立ちを頼む。王命婦は策を弄して光源氏を藤壺に引き合わせる。藤壺は懐妊してしまう。帝には、物の怪のせいで妊娠に気づくのが遅れたと産み月をごまかして報告する。光源氏は恐ろしい夢を見たので占わせると、意に反する事態が起きるだろうと言われる。

尼君と若紫が北山から戻ってきて、光源氏は会いにゆく。尼君は死期を悟り、若紫の将来を光源氏に託す。尼君が亡くなり、若紫の父・兵部卿宮が若紫を引き取る準備に取りかかる。それを知った光源氏は、急ぎ、若紫を自邸に引き取ってしまう。

この巻の冒頭で光源氏は瘧病《わらわやみ》に罹患している。時期は旧暦の三月、現在の四月である。

「瘧」は日本では「おこり」と読み、マラリアのことをさす。ハマダラカが、病原であるマラリア原虫を媒介することによって発症する。熱帯性の病で、日本にはハマダラカはいないはずだが、仏教伝来によって南洋を経由した船舶が侵入経路かとされていて、奈良時代の七〇一年に制定された法典である『大宝律令』の「医疾令」に「瘧」の名が記される。高熱が出るが、三日たつと熱が下がる。しばらくするとまた熱が上がり、三日すると下がるという病態を繰り返すので、三日熱ともいわれた。慢性化し、いったん罹患して快癒しても、数年後、忘れたころにまた発熱があることが多い。平清盛が瘧に罹患していた。『平家物語』では、比叡山の水を汲んできて体を冷やそうとしたが、清盛の体に触れた水が湧き上がって湯になって燃え上がったと書かれる。文学的な誇張があるにしても、瘧による高熱の恐ろしさを伝えている。平家一門は、日宋貿易を盛んに行っていたので、清盛は南方の物資や南方からの船舶に接する機会もあったのだろう。

現在は予防注射や治療薬も整うが、当時は、ひたすら神仏に祈り、祈祷を捧げるしか治療法がなかった。光源氏がなかなか治癒しないのは、夕顔の死後重篤な心身症のような状態に陥ったのと無関係ではないだろう。心身のストレスが免疫力を低下させ、感染症のリスクを高める。紫式部のような知識人は、そのような病理を経験知として認識していたのではないだろうか。

「去年の夏も世におこりて」とあるので、去年の夏にハマダラカに刺されて瘧病になる人が多かったということがわかる。ちょうど光源氏が夕顔に出会ったころである。もちろん当時は瘧病の原因が蚊に刺されることにあるとは知られていない。紫式部もそんなことは夢にも考えていなかっただろう。うがちすぎではあるが、荒れ果てた某院にならハマダラカも生息していそうだと思えてしまう。

いろいろと手を尽くしてもいっこうに光源氏は良くならない。北山で修業をしている聖が加持祈祷を行うと、瘧病が治癒するという情報が宮中に届く。北山とは、鞍馬山をさし、この聖は鞍馬寺の僧だろうというのが通説である。使いをだして光源氏のもとに来てもらおうとするが、僧都は高齢で歩くことも困難で寺から出られないという。そこで、光源氏がお忍びで自ら北山に出かけることになった。

聖は「峰高く、深き岩の中」で修業をしていた。光源氏は名前を隠して対面する。聖は、光源氏に会うなり「あなかしこや（なんと恐れ多いことだ）」と驚き騒ぐ。そして、光源氏のことを「うち笑みつつ見たてまつる（笑みをたたえてごらんになる）」。高僧と貴人が対面し、一瞬ですべてを理解し合い、こころが通じ合ったようすが行間から手に取るように伝わる。しかも、聖は、光源氏に、「御物の怪など加はれるさまにおはしましける（御物の怪などが憑いているようでいらっしゃる）」と指摘。一晩加持祈祷するように勧める。

光源氏は、僧都が梵字を書いてくれた護符を飲み、勤行を行う。

供人たちがあまり思い悩まないようにと言うので、光源氏は少し外に出て気分転換をする。北山の絵のような風景がすばらしいと言うと、供人たちが、他国の風光明媚な場所についてあれこれ話していると、明石の風景こそすばらしいと言うものがいる。そして以前国司だった男が出家して娘を大切にしているが、大変立派なところに住んでいると話しはじめる。のちに登場する明石の入道と明石の君である。紫式部は、夕顔を撫子の女として登場させておいて、のちに光源氏と出会わせるのと同じ方法を用いる。紫式部の頭の中では、長編的な構想がしっかりと整っていることがわかる。

明石の娘の器量も気だても人並み以上で、しかも父親が自分の娘の出世を強く願っていると言う。思い通りにならなければ娘に海に身を投げよ、と言い聞かせていると供人たちは笑う。光源氏は、娘に大変興味をもち、この話をしっかりと胸にとどめる。

そして、病を治すために北山僧房に身を寄せていた尼君と若紫が、光源氏の目にとまる。光源氏がはじめて見た若紫の姿は次のように書かれる。

きよげなる大人二人ばかり、さては、童べぞ出で入り遊ぶ。中に、十ばかりやあらむと見えて、白き衣《きぬ》、山吹などの萎えたる着て走り来る女子《をむなご》、あまた見えつる子どもに似るべうもあらず、いみじく生ひ先見えてうつくしげなる容貌《かたち》なり。髪は扇をひろげたるやうにゆらゆらとして、顔はいと赤くすりなして立てり。

【口語訳】

美しげな女房が二人ほど、さらに、女童《めのわらわ》が出入りして遊んでいる中に、一〇歳ばかりだろうかと見えて、白い肌着に山吹襲《かさね》（表が朽ち葉色で裏が黄色の着物）の着慣れた着物を着て走ってくる女の子は、大勢見えた子どもたちとは似ても似つかず、成長したあとのようすが想像できるような美しい顔かたちである。髪は扇を広げたようにゆらゆらとして、顔はたいそう赤くこすれて立っている。

光源氏の目には、若紫の美しさが突出して見えた。この部分には「見ゆ（＝見える）」という単語が三回立て続けに使われる。垣間見をしているので当然といえば当然だが、ほんとうにまじまじと飽かず若紫を見ていることがわかる。それもそのはず、若紫は、光源氏が「かぎりなう心を尽くしきこゆる人にいとよう似たてまつれる（限りなく心を寄せている人にとてもよく似ている）」のである。藤壺にそっくりだというのだ。

このあとも、少し離れてはいるが、近い場所で「見る」が重ねて使われる。

あはれなる人を見つるかな、かかればこのすき者どもは、かかる歩《あり》きをのみして、よくさるまじき人をも見つくるなりけり、たまさかに立ち出づるだに、かく思ひの外なることを見るよと、をかしう思す。さても、いとうつくしかりつる児《ちご》かな、何人ならむ、かの人の御かわりに、明け暮れの慰めにも見ばや、と思ふ心深うつきぬ。（傍線は引用者による）

【口語訳】

心惹かれる人を見てしまったことだが、だからこそ、世の中の色好みの連中は、このような外歩きばかりして、うまく思いがけない人を見つけるのだろう。たまたまちょっと外出してさえ、このように思いがけない人を見ることだよ、と興味深く思われる。それにしても、とても美しい子どもであることよ、いったい誰だろう。あの人（藤壺）の代わりに朝晩の慰めに見ていたい、と思う心が深まっていく。

平安女流文学において、同一の語が近い場所で繰り返し使われる用法を「近接同語（同語反復）」という。木村正中氏は、「同じ単語、成句、或は特殊な表現の仕方等が、極めて接近して、或は稍々間隔はあっても前出の語句の感覚的残影を感じさせる中に、再び表われること」（「蜻蛉日記の文体構造と本文批判」（『国語と国文学』第３７巻第３号、一九五九年三月）と説明する。また、木村氏の説を継承して、菊田茂男氏は、近接同語を、「自然に生動する生命感や、心情・感覚のリズムのままに、思念や官能のありのままを、ある特定の事象や対象に密着して表現する一つの散文精神」（『文化』第３２巻第３号、一九六九年二月）の表れと述べる。ここでは、「見ゆ」「見る」という語が近接同語として、光源氏の若紫に固執する心性を表現している。

「見る」という語は多様な意味をもつ。『日本国語大辞典』（第二版）で調べると、視力を使ってものを見るという意味以外に、判断する、占う、わかる、よく注意して調べる、読む、経験する、会う、男女の交わりをする、世話をするといった語義が並ぶ。光源氏は、若紫を目撃し、目にとめ、自分にとって大切な女性になると判断し、観察し、ともに生活し、面倒をみたい、と思いながら、急速に彼女に心を寄せていく。

２．紫草について

さて、若紫が兵部卿宮の娘で、藤壺の姪にあたると知った光源氏は、彼女を手元に置きたいという思いをますます強める。尼君と若紫が北山から帰還したと聞いて、六条京極のあたりの屋敷を訪ねる。帰宅した翌日、次の歌を送る。

手に摘みていつしかも見む紫のねにかよひける野辺の若草

【口語訳】

手に摘みとって早く見たいのです。紫の根につながっている野辺の若草を。

若紫を手元に置きたいということを強くアピールしている歌である。『古今和歌集』の読み人知らずの歌「紫の一本《ひともと》ゆゑに武蔵野の草はみながらあはれとぞ見る（紫草が一本はえているから、武蔵野の草を見るとしみじみとした思いがする）」をふまえている。若紫を紫草にたとえて、その一人の少女ゆえに胸がいっぱいになっている、だから、その紫草を摘み取りたい、と訴えているのだ。根っこがつながっているというのは、藤壺と若紫の血がつながっていて、そっくりだということを歌っている。

紫草は武蔵野と縁語である。武蔵野には紫草が生い茂っていた。根が紫色で、その根を紫紺染めの染料に使う。いうまでもなく紫は高貴な色である。『源氏物語』は、古くから「紫文（しぶん・むらさきぶみ）」と呼ばれた。紫式部という通称も『源氏物語』の作者だからである。そして、桐壺更衣、藤壺、紫の上という光源氏の人生に深くかかわる女性たちが、紫の根でつながっているから、彼女たちが「紫のゆかり」と呼ばれることもよく知られている。

この歌は、光源氏が若紫の発見によって、紫草の根がつながっているような桐壺更衣―藤壺女御―紫の上（若紫）のつながりを明確に認識したことを示すものだ。

ところで、『伊勢物語』の初段にも「紫草」が歌われている。

春日野の若紫のすり衣しのぶのみだれ限り知られず

【口語訳】

春日野に生える若々しい紫草のようなあなたを恋いしのんで、わたしの心はしのぶずりの模様のように限りなく乱れています。

ここでは、男が狩りに行った場所、春日野に、美しい姉妹がいて、それを若紫にたとえる。本文では、「いとなまめいたる女はらから（たいそう初々しい姉妹）」と書かれる。紫草にたとえられる血縁者に惑乱している点で、『伊勢物語』初段の男と、光源氏は同じ立場にある。

また、同じく『伊勢物語』の四一段では、姉妹が登場し、一人は金持ちに、一人は貧しい男に嫁ぐ。貧しい男に嫁いだ女が男の着物を洗っていると、破けてしまったので、金持ちの男が新しい着物を贈ったときの和歌に紫草が詠まれる。

むらさきの色こき時はめもはるに野なる草木ぞわかれざりける

【口語訳】

紫草の色が濃いときにははるかに見渡しても野にある草木の区別がつきません。

この歌には「武蔵野の心なるべし」と説明が付け加えられる。先ほど引用した『古今和歌集』の「紫の一本ゆゑに」の歌の心で、男は、同じ根でつながっている姉妹にやさしくしたのだろう、という説明である。

このように『伊勢物語』の紫草は姉妹を象徴するものであることがわかる。紫式部はこのイメージを『源氏物語』に投影したのだろう。「若紫」の巻において、いよいよ本命が登場し、『源氏物語』の世界は、さらなる恋愛曼荼羅を拡大していくのである。

3．藤壺の懐妊

『源氏物語』の対位法的な語りは、主旋律と対旋律の掛け合いによって、倍音が鳴り出すような和音の共鳴や、ヒリヒリするような不協和音を奏でる。これまでは、各巻の中心となる女君を描くメロディに、藤壺、葵の上、六条御息所といった人物の主題となるフレーズを歌い重ねながら、序曲が奏でられていたような印象がある。

そして、「若紫」の巻で、若紫の発見と喜びを語る一方で、若紫が藤壺にうり二つであったこともあり、光源氏の藤壺への思いはますます強くなっていく。藤壺が病のために里下がりをしているということで、光源氏は藤壺のもとに忍んでいく。その描写は、そのこと自体が秘めごとであることを暗示するように、大変短い。短いが、強烈である。

光源氏との密会の記事は、「藤壺の宮、なやみたまふことありて、まかでたまへり（藤壺の宮は、御病気のために、宮中から里へ下がられた）」という語りだしである。「なやみ」は、ここでは病の意である。

帝の心痛を思いやりながらも光源氏は逢瀬の方法をさぐる。

かかるをりだにと心もあくがれまどひて、いづくにもいづくにもまうでたまはず、内裏《うち》にても里にても、昼はつれづれとながめ暮らして、暮るれば王命婦《おうみやうぶ》を責め歩きたまふ。いかがたばかりけむ、いとわりなくて見たてまつるほどさへ、現《うつつ》とはおぼえぬぞわびしきや。宮もあさましかりしを思し出づるだに、世とともに御もの思ひなるを、さてだにやみなむと深う思したるに、いと心憂くて、いみじき御気色なるものから、なつかしうらうたげに、さりとてうちとけず心深ふ恥づかしげなる御もてなしなどのなほ人に似させたまはぬを、などかなのめなることだにうちまじりたまはざりけむと、つらうさへぞ思さるる。

【口語訳】

このような折にせめてと、心も上の空に迷いながらも、どこにへもどこへもお出かけにならず、宮中でも自宅でも、昼は何をするでもなく物思いにふけって過ごし、日が暮れると王命婦を責め立てて追いまわす。王命婦がどのように策をこらしたのだろうか、とても不敬なことに藤壺にお会い申し上げるが、現実とはお思いになれず、つらい。藤壺の宮も、心外なできごとを思い出すのでさえ、時間の経過とともにもの思ひの種であるのに、あれだけで終わるだろうと強く思っていたのに、(またこのようなことになって)とても辛くて、とんでもないご様子であるものの、魅力的でいとおしく、かといってうちとけることなくたいそうひかえめでいらっしゃるおふるまいなどが、やはりほかの人とは違っていらっしゃるのを、どうしてこのように不十分なところさえなくていらっしゃるのだろうと、やるせなくお思いになる。

光源氏が、王命婦に、なんとか手引きしてくれるようにしつこく追いかけまわしている。王命婦は、五位以上の高い身分の女官である。身分が高くないと、帝に寵愛を受けている女御と中将の位にある光源氏との密会の手はずを整えられないだろう。慎重に語られているが、光源氏と藤壺の密会が二度目であることがわかる。きっと前にも王命婦が手をまわして二人を合わせたからこそ、光源氏は、またお願いしたいということで追いかけまわしたのだろう。藤壺が、「あさましかりしを思し出づる」と絶対にあってはならなかった前の逢瀬だったのにと思い出しており、「さてだにやみなむ」、つまり、一回きりで終わるだろう、と思っていたのに、と書かれているので、すでに二人は契りを交わしていたのかとどきりとさせられる。語ってこなかったことを暗に語るという高度な語り口である。

それにしても、光源氏の思いが複雑に表現されていて興味深い。藤壺の完璧な美しさをいとおしく思いつつ、「などかなのめなることだにうちまじりたまはざりけむ」とつらく思っている。この原文は、反語を使っているのでわかりにくい。「などか……けむ」は、「どうして……ということがあるだろうか、いやない」と、疑問のかたちで書きながら、それを否定して、強く断定する言い方である。ここで疑問のかたちで表現されるのは、「なのめなることだにうちまじりたまはざり」ということである。「なのめなる」は不十分である、満足できない、という意味の語だ。藤壺には、不十分なことさえすこしまじっていらっしゃらないだろうか、と尋ねておいて、不十分なことはすこしもまじっていない、と強調するのである。そうして、それゆえにかえって光源氏はつらいのである。あまりにも完璧な女性であるからこんなにも好きになってしまってつらい、というわけだ。複雑な言いまわしによって、千々に思い乱れる複雑な心中を表す。

密会のあと光源氏は泣き暮らし、二、三日家に引きこもっている。藤壺も「なほいと心憂き身なりけりと思し嘆くに(やはりとても情けないわが身であることだお嘆きになる)」。そして、「なやましさもまさりたまひて」とあり、再び「なやみ」という語が使われる。続いて「御心地例のやうにもおはしまさぬ」とあり、妊娠してしまったことがわかる。四月に密会し、三カ月が経過している。すでに夏である。おなかが膨らみはじめたのに妊娠の報告をしていないことを人々が怪しむ。女官たちは物の怪のせいで妊娠に気づくのが遅れたと帝にごまかす。帝の子であるためには、もう少し妊娠週数が進んでいる必要があるからだ。

藤壺の懐妊がわかったころ、そうとは知らず光源氏は悪夢を見る。夢占いで予想外のことがおきる、と言われる。藤壺懐妊の知らせを聞いて、このことだったのか、と思い当たる。こうして物語は新たな局面を迎える。

〈よしなしごと・・・〉

4．二条邸での若紫のようすを書いて読む

尼君が亡くなり、兵部卿宮が娘を引き取ろうとするのに先んじて若紫を自邸に連れてきた光源氏と若紫の仲睦まじいようすを書いて読もう。光源氏が藤壺の面影を投影してみつめているのに対して、若紫はどこまでも光源氏を父親代わりとみてなついている。

君は、男君のおはせずなどしてさうざうしき夕暮などばかりぞ、尼君を恋ひきこえたまひて、うち泣きなどしたまへど、宮をばことに思ひ出きこえたまはず。もとより見ならひきこえたまはでならひたまへれば、今はただこの後の親をいみじう睦びまつはしきこえたまふ。ものよりおはすれば、まづ出でむかひて、あはれにうち語らひ、御懐に入りゐて、いささかうとく恥づかしとも思ひたらず。さる方に、いみじくらうたきわざなりけり。

【口語訳】

姫君は、男君がいらっしゃらなくてさみしい夕暮れどきにだけ、尼君を恋しく思われて、少し泣かれたりもするが、父宮のことは思い出しもなさらず、もとから見慣れていらっしゃらない暮らしだったので、今は、ただこの後の親である光源氏にたいそうなついていらっしゃる。外出先からお帰りになると、真っ先に出迎えて、しみじみと語り合い、光源氏の懐に抱かれて、少しも嫌だとか恥ずかしいとかお思いにならない。そういうお相手として、たいそうかわいらしいようすだった。

第六章　「末摘花」を読み解く

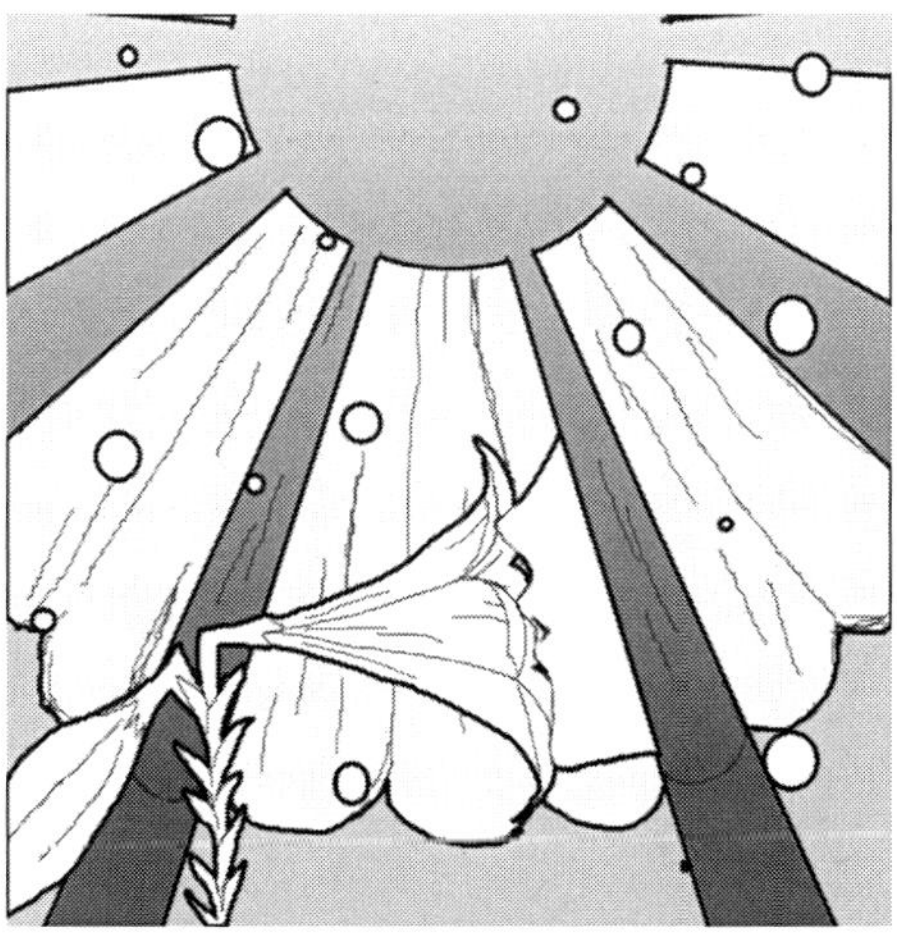

1．噂の力

【光源氏の年齢】一八歳の春から一九歳の春。身分は中将。

【登場人物】

大輔命婦《たゆうのみょうぶ》　光源氏の乳母子。

末摘花　故常陸の親王の末娘。零落している。

頭中将　左大臣の息子。光源氏の親友。葵の上の兄。

若紫　兵部卿宮の娘。二条院に引き取られ光源氏が養育している。

【ストーリー】

光源氏は、亡くなった夕顔を恋しく思い、同じような女性を見つけたいと思うがなかなかうまくいかない。また、空蝉や軒端荻のことも思い出している。そんな折、大輔命婦が、故常陸親王の末娘の話をする。父亡き後心細く暮らしているという。興味をもった光源氏は大輔命婦に手引きさせる。十六夜《いざよい》の月夜に末摘花邸を訪ねると、琴の音が聞こえてくる。末摘花邸を覗いていると、光源氏のあとをつけてきた頭中将がからかう。頭中将も末摘花に興味をもっているようすなので、対抗心を燃やして光源氏はますます末摘花に興味をもつ。末摘花のもとに何度も手紙を書くが返事がないまま秋になる。たまりかねた光源氏は大輔命婦に手引きしてもらい末摘花邸を訪れる。ついに逢瀬がかなうが、末摘花のぎこちない態度や返歌もままならないようすに、がっかりする。いろいろなことに紛れて足が遠のき、冬になって末摘花邸を再訪する。雪が降った翌朝、雪明りのなかで見た末摘花の容貌は、予想以上に醜く、赤い鷲鼻に驚く。そうはいっても、貧しい暮らしに同情し、経済的な支援を続けようと決心する。

正月、二条院で、光源氏は、若紫に赤い鼻の女の絵を描いてみたり、自分の鼻に紅粉をつけたりしてふざける。

この巻の冒頭に、夕顔、空蟬、軒端荻の名前が並ぶ。まず、「思へどもなほあかざりし夕顔の露に後れし心地を、年月経《ふ》れど思《おぼ》し忘れず（思ってもまったく嫌になることのない夕顔が露と消えて取り残された気持ちを、年月が経ってもお忘れにならない）」と起筆され、夕顔への思いが続いていると書かれる。夕顔と同じような条件の女性を「懲りずまに（性懲りもなく）」求めているという。夕顔と同じような条件とは、「ことごとしきおぼえはなく、いとらうたげならむ人のつつましきことなからむ（世間の評判が高くなく、とてもかわいらしい人で、気が引けることのない）」という三点である。光源氏は、第一に人の口にのぼりあれこれと噂されるような女性ではない方がいいと思っている。それでなくとも人目をひく美しさの光源氏であるから、人々に噂されたくはないということだろう。第二に美しい人、第三に、単に美しいだけではなく、二人でいるときに気がねせずにリラックスできる人を求めていることがわかる。憧れの人である藤壺に対してはどうしてもあれこれと思い悩む気持ちがあるし、正妻の葵の上といっしょにいるときはいつも気づまりなので、こころから打ち解けることのできる人を求めているのである。

そして、「かの空蟬を、もののをりをりには、ねたう思し出づ。荻の葉も、さりぬべき風の便りある時は、おどろかしたまふをりもあるべし（あの空蟬を、何かの折々には、憎らしく思い出す。軒端荻も、しかるべき風の便りをして、びっくりさせなさる折もあるだろう）」と、空蟬と軒端荻についての思いが記される。空蟬に拒まれたことをいつまでたっても引きずっている光源氏である。軒端荻に対してもどこかぞんざいだ。やはり、なんといっても夕顔へのなつかしさでいっぱいなようである。

光源氏は夕顔のような女性を探していることを周囲の気を許した女房たちには話していたのだろう。大輔命婦が故常陸親王の末娘の話を持ってくる。大輔命婦自身も「いといたう色好める若人（たいそう色好みな若者）」で、光源氏が「召し使ひなどしたまふ（召し使うことなどもなさる）」とある。「末摘花」の巻は、次節で述べるように、烏滸話（滑稽話）のゆかりに位置づけられる巻なので、大輔命婦も滑稽性のあふれる人物に設定されている。光源氏も大輔命婦に気を許して戯言を言いかけることが多い。

命婦は、「心ばへ容貌など、深き方はえ知りはべらず（性格や顔立ちなど、よくは知りませんが）」ともったいぶる。のちに明かされる赤い鷲鼻が特徴的な末摘花の顔を知っていてごまかしているのである。そして、琴（中国から渡来した七弦琴）を弾く女性であると光源氏の気をひく。命婦の情報操作の手腕はみごとである。好色な女性であるから、末摘花のことを話したら光源氏がどのような反応をするだろうか、とおもしろがったのだろう。光源氏は末摘花の話に食いついてきた。だれかについて噂話をすることは今も昔もだれもがすることだが、誰がどのように話すかによって噂の影響力は違ってくる。紫式部は、大輔命婦という話し上手な色好みの女性を登場させて、光源氏が末摘花に興味をもつ経緯をおもしろく描く。

光源氏は末摘花の琴を聞きにいくという口実で、十六夜の月の夜に末摘花を訪ねる。大輔命婦は自分が少し大げさに琴の名手であるかのように言ったのがばれないかと、少しだけ聞かせて、ぼろが出ないうちに光源氏をさっさと帰らせようとする。想像をたくましくして早く末摘花に会いたいと思っている光源氏とのずれが笑いを誘う。光源氏が立ち去ろうとすると別な男が立って家の中を覗いている。光源氏が男にばれないようにそっと立ち去ろうとすると、男がすっと近寄ってきて声をかけた。光源氏のあとをつけてきた頭中将だった。頭中将は光源氏に対して、自分を差し置いて抜けがけしないように、と釘をさす。このあたりのやりとりも笑いを誘う。

結局二人はいっしょに左大臣邸へいく。左大臣が得意の笛を吹くと、女房たちがそれに合わせて琴を弾く。美しい調べを聞きながら、光源氏と頭中将はさきほど聞いてきた琴の音を思い出し、琴を弾いていた姫への思いを強くするのだった。葵の上づきの女房・中務の君は琵琶を奏する。彼女は、頭中将がこころを寄せるが、光源氏と時折関係をもっている。光源氏と頭中将が、何かにつけて女を争っていたことがわかる。二人は常に対抗心を燃やすのだった。頭中将の存在が光源氏を煽ることになって、光源氏は、末摘花となんとか結ばれたいと願う。

光源氏は何度も手紙を書くが、一向に末摘花から返事がない。ほかの男が言い寄っているのではないかとじれている。大輔命婦の予想に反して光源氏が本気になっている。大輔命婦は、内心困ったなと思う。実は、恋愛経験もなく、和歌も詠めない無粋な姫であることを隠し、ものすごく引っ込み思案な性格だからとごまかす。軽妙な筆致で滑稽な要素がどんどん上書きされる。

このようにライバルの出現と、会えないことによって、光源氏は末摘花への思いをますます強める。このあとの展開における光源氏の落胆を強調する巧みな筆の運びだ。

光源氏は大輔命婦に手紙を言づけ積極的に末摘花にアプローチする。当時の恋文には当然和歌をしたため、その返信にも和歌を添えるのが一般的である。末摘花から一向に手紙の返事がもらえず、光源氏はいらだつ。大輔命婦は、だんだん荷が重くなってくる。そして、物越しにでも対面させればいいか、だめならだめで仕方ないだろう、と開き直っている。ここで、大輔命婦は光源氏と末摘花のことを自分の父である兵部大輔に報告しなくてもいいだろう、と判断している。兵部大輔が末摘花の庇護者でもあることがわかる。

じらされた光源氏が大輔命婦の案内でやっと末摘花邸を訪問する。そばで大輔命婦がやぼったい反応しかできない末摘花にやきもきしたり、とても恥ずかしがり屋の姫君なのでと光源氏に弁解したりする姿がいっそう笑いを誘う。光源氏はこれまでいろいろ想像していたとおりだと、今風ではなく古風なようすを奥ゆかしく好ましいと思う。末摘花が返歌できないでいると乳母後の侍従が末摘花のふりをして返歌を詠みあげる。光源氏は身分が高いわりにはくだけた和歌だな、と思いながらも、さらに歌を返し、ついに御簾のうちに入ってしまう。命婦はさっさと自分の部屋に引っ込んでしまう。お付きの女房たちがあたふたしているようすも滑稽である。部屋に戻ったものの、気になって仕方のない命婦はまんじりともしない。

二条院に戻った光源氏は、末摘花が夕顔のようではなかったので、「思ふにかなひがたき（思い通りにはいかない）」ものだと、とがっかりしている。じらされて期待が大きかっただけに、失望も大きい。頭中将にからかわれるが、ごまかして、夕方になってやっと後朝の文を届ける。末摘花は和歌が詠めないので、また、侍従が代詠する。光源氏が末摘花の顔を見て驚愕するのはそれから数カ月ののちのことである。それについては、本章第3節で確認しよう。

大輔命婦や侍従など周囲の女性たちも笑いを誘う言動を見せる。コミカルなタッチの語りは、夕顔の死や藤壺との密会、藤壺を投影して若紫に執着するさまなど、重々しいこれまでの語りとはまったく趣を異にする。

2．烏滸話《おこばなし》の系譜

「烏滸」とは、「愚かなこと。ばかげたこと。思慮の足りないことを行なうこと。また、そのさまや、その人」（『日本国語大辞典』第二版）をいう語である。また、滑稽な物まねの演芸を「烏滸の芸」といい、そこから狂言が発達したともいわれる。

滑稽味のある歌舞の早い例として、『古事記』において天照大神《あまてらすおおみかみ》が天の岩屋戸に隠れたとき天鈿女命《あまのうずめのみこと》が岩屋戸の前で踊ったものが知られる。『竹取物語』では、五人の貴公子がかぐや姫に難題を課せられて、失敗するエピソードは滑稽譚として描かれていた。

『万葉集』には、戯歌《ざれうた》といわれる意味不明の語を並べたナンセンスな歌が収載される。『古今和歌集』巻一九には、ことば遊びや俗語使用の俳諧歌五八首が収められる。日本文学には、雅なものと俗なるものを対置することで、聖と俗、非日常性と日常性、悲劇性と喜劇性といった対照的な情趣を表現する特質がある。能と狂言もその典型といえる。

古代においては、ハレ（晴）とケ（褻）という考え方があった。『日本国語大辞典』（第二版）は次のように説明する。

> 古代においては、生活全般にわたって「ハレ＝公（おおやけ）」と「ケ＝私（わたくし）」とが明確に区別されていた。これは、服装にもっともよくうかがうことができるが、そのほか、寝殿造の建物や食事などにも、ハレのためのものとケのためのものとがあった。また、私的な贈答や述懐の歌をさして「褻の歌」と呼んでおり、和歌の世界でも区別がなされていた。

神の祭や公の政治、儀式、祝賀などはハレである。それに対して、私的な日常生活や男女関係などはケである。古代文学における滑稽性と悲劇性は、この二つの側面に伴うものといえる。

日常生活には、人間の喜怒哀楽が伴い、そこにドラマが生じる。しかし、人間の負の感情が渦巻いて、某院にうごめく物の怪となって夕顔にとり憑いたり、光源氏の瘧病を長引かせたり、さらに六条御息所の生き霊が出産直後の葵の上に憑依したりしたように、執着心と恐怖心が重なり合うと、人はときに死の淵に突き落とされる。

『源氏物語』においても、末摘花をはじめとして、源典侍《げんのないしのすけ》や近江君《おうみのきみ》などの滑稽な人物が登場する。源典侍については、次章で述べる。末摘花は、亡くなった夕顔と対比されるかたちで登場する。あたかも光源氏に降りかかった死の穢れを笑いによって払拭するかのような役割である。前節で確認したように、「末摘花」の巻では、末摘花の顔を光源氏が見る前の段階で、大輔命婦や頭中将の振る舞いが、芝居のくすぐりのようにおもしろおかしく描かれる。

また、滑稽には、知性が伴う。それは時には権威に対する風刺ともなる。『源氏物語』に描かれる烏滸話は、光源氏の好色性を批判するという機能も果たしている。光源氏が決して完璧な人間ではないことを物語る。不完全であるからこそ、試練が与えられ、成長のプロセスが描かれ、長編物語の主人公たりえている。

光源氏は、政治的には王権を獲得し、文字通り光り輝く存在となっていく。これは光源氏の公的なハレの部分である。一方、私的なケ（褻）の部分である恋愛経験においては、たくさんの悲しみを経験し因果の理に苦しむ。自分の罪障意識とも向き合う。このケの部分に烏滸話が投入され、エロス（生の衝動）に我を忘れがちな光源氏を批判しつつ、エロスの反動からくるタナトス（死の衝動）への傾斜を、笑いの要素によって救いとろうとしているかのようである。

明るく祝祭的な笑いは、生命力の横溢につながり、神の出現を伴う。生命力のかたまりともいえる赤ん坊は日に四〇〇回笑うという。笑いが免疫システムに作用し、病原菌と戦うナチュラルキラー細胞を増やすことはよく知られている。クラウン・ドクターの異名で知られるパッチ・アダムス（一九四五年生まれ。アメリカ合衆国の医師）は、赤いピエロの鼻をつけて世界中を診療して回った。死の恐怖や生きることへの無気力に襲われている難病の子どもたちを笑わせることで、希望をもたせる活動を展開している。長野県でパッチ・アダムスの講演を聞いたことがある。講演を聞き終わって会場をあとにしようとしたら、偶然、パッチ・アダムスに出くわした。片言の英語で大変感銘を受けたことを伝えると、一九〇センチほどもある背の高いパッチ・アダムスが両手を差し出してくれた。わたしはハイタッチするかっこうになった。パッチ・アダムスの手に触れたとたん、なぜか、悲しみが伝わってきた。たくさんの笑いを世界中に届けているパッチ・アダムスの笑顔の奥にあるものに触れた気がして胸が痛くなった。

笑いと涙、喜びと悲しみは表裏一体なのである。

『源氏物語』における烏滸話は、悲喜こもごもの人間生活の実態を伝えるものであると同時に、光源氏に祝祭性を付与して、王権獲得の道を歩ませるために必要不可欠な要素といえるだろう。

紫式部がそのようなことに自覚的であることを表す構文が、三か所に見られる。はじめは、末摘花邸を垣間見たあと、盛んに手紙を出すが返事をもらえない時間が続くが、その間に、「瘧病にわづらひたまひ、人知れぬもの思ひのまぎれも、御心のいとまなきやうにて、春夏過ぎぬ（瘧病を患われて、人に知られてはならない悩みにまぎれて、お心が休まるときがないままに、春夏と過ぎていった）」とある文だ。ひとつ前の「若紫」の巻で北山に療養し若紫に出会ったこと、藤壺と密通をし藤壺が懐妊してしまったことが暗示される。「末摘花」の巻の冒頭、夕顔を失った悲しみに思い沈んでいるようすは、夕顔が亡くなってすぐ後のことだったとわかる。

また、夏の夜に末摘花邸を訪れたあと、しばらく間があく。その間に「かの紫のゆかりたづねとりたまひて、そのうつくしみに心入りたまひて、六条わたりにだに、離《か》れまさりたまふめれば（あの紫のゆかりの少女を尋ねあててお引き取りになり、彼女をかわいがることに夢中になられ、六条のあたりにさえ、訪れがとぎれがちでいらっしゃるようで）」と書かれる。したがって、夕顔の死、六条御息所との関係、若紫の出会いと引き取り、藤壺との密通という、「夕顔」巻から「若紫」の巻にかけての一連のできごとのあいまに、末摘花の噂を聞き、彼女の屋敷を覗いて手紙を出し、関係をもつということがあったとわかる。

さらに、冬になって夕顔のもとに訪れた折に、末摘花の貧しい暮らしが描写される個所で、「夕顔」の巻の某院のようすが光源氏の脳裏によぎるというくだりがある。荒れ果てた家の中で、薄汚れた着物をきたお付きの女房たちが寒そうにして、中にはあまりのつらさに泣き出す女房もいる。そのとき強い風が吹いて灯りが消えてしまう。光源氏は、「かの物に襲はれしを思し出でられて（あの物の怪に襲われたことを思い出されて）」、「うたていざとき心地がする夜（不気味で寝心地の悪い気がする夜）」を過ごしている。

光源氏の運命にかかわり物語に長く影を落とす重々しいできごとを縦糸と考えるならば、横糸のようにして末摘花をめぐる滑稽譚が織り込まれているといえよう。

3．雪の情景について

夕顔と光源氏が最初にかかわりをもつのが夏の夕暮れどきで、夕顔の家の簾の白さ、垣根に咲く白い夕顔、夕顔から差し出された白い扇、と白い色が強調されていたことはすでに述べた。そのことに呼応するように、光源氏がはじめて末摘花の顔を見るのは、真っ白い雪に庭がおおわれた朝である。夕顔の場合は、白に彩られた可憐なイメージの中で光源氏は夕顔に興味をもつようになる。末摘花の場合は、白い雪とは対照的な赤い花に驚愕し末摘花から思いが離れてしまう。そのあと夕顔は死んでしまい、末摘花は光源氏と若紫の笑いの対象となる。すべてが対比的に描かれていて興味深い。

某院でのおそろしいできごとを思い出すほどに荒れ果てた末摘花邸で一晩すごした雪の朝、扉を開けて庭を眺める光源氏のようすは、「雪の光に、いとどきよらに若う見えたまふ（たいそう神々しく若々しくお見えになる）」。女房にうながされた末摘花が膝行しながら出ていき光源氏の隣に並ぶ。光源氏はそれまで気になっていた末摘花の容貌をこっそり横目で見る。

居丈の高く、を背長に見えたまふに、さればよと、胸つぶれぬ。うちつぎて、あなかたはと見ゆるものは鼻なりけり。ふと目ぞとまる。

普賢菩薩の乗り物とおぼゆ。あさましう高うのびらかに、先の方すこし垂りて色づきたること、ことのほかにうたてあり。色は雪はづかしく白うて、さ青に、額つきこよなうはれたるに、なほ下《しも》がちなる面《おも》やうは、おほかたおどろおどろしう長きなるべし。痩せたまへること、いとほしげにさらぼひて、肩のほどなど、痛げなるまで衣の上まで見ゆ。

【口語訳】

背が高く猫背にお見えになるので、やっぱりそうだ、とショックである。続いて、なんともぶかっこうに見えるのは鼻であった。すぐにそこに目がいく。普賢菩薩の乗り物（ゾウ）のように思われる。驚くぐらい長くのびて、先の方が少し折れ曲がって色づいているところが、とくにひどい。肌の色は雪が見劣りするぐらい白く、青白い顔に額がものすごくはりだしているのに、さらにあごが伸びている顔つきは、全体でおそろしいくらい長いことだろう。痩せておいでで、かわいそうなくらい骨ばって、肩の様子など、痛そうに衣の上からもとがって見える。

さらに「着たまへる物どもをさへ言ひたつるも、もの言ひさがなきやうなれど（お召しになっているものまでも言いたてるのは、言い方がひどいようだけれど）」と読者に断った上で、末摘花の着ているものについて次のように描写する。

聴色《ゆるしいろ》のわりなう上白みたる一かさね、なごりなう黒き袿《うちき》かさねて、表着《おもてぎ》には黒貂《ふるき》の皮衣《かわぎぬ》、いときよらにかうばしきを着たまへり。古代のゆゑづきたる御装束なれど、なほ若やかなる女の御よそほひには似げなうおどろおどろしきこと、いともてはやされたり。

【口語訳】

紅色のひどく白茶けた単衣、その上に元の色が見えないくらい黒くなっている袿を重ねて、上着には黒貂《くろてん》の毛皮で、とても立派で香をたきしめたものを着ていらっしゃる。大昔の由緒あるお衣装なのだが、やはり若やいだ女性の装いには似つかわしくなく、ものものしさがとてもめだっている。

光源氏は絶句しながらも、ついつい目がいってしまい、ちらちらと末摘花のようすを観察する。髪の毛だけは黒々と長く美しいと書かれる。

引きずっている袿の裾からさらに一尺（三三センチ）ほど余るぐらいの長さである。二メートルほどもあるだろうか。当時は、髪が黒々と長いことが美しさの要件のひとつだった。

光源氏がなんとかしゃべらせようといろいろ話しかけるが、袖で口をおおって相変わらず何も言わない。なんとも居心地が悪く、「お近づきなれないようなのでつらいです」と末摘花がしゃべらないことを理由にして、「朝日さす軒のたるひはとけながらなどかつららのむすぼほるらむ（朝日がさして軒のつららは溶けてきたのに、どうしてあなたのつららのようなお心は凍りついたままなのでしょう）」と歌を詠みかける。末摘花は「むむ」と笑うばかりで、いっこうにしゃべらない。光源氏はいたたまれずに退出する。

門も歪み、山里かと思うほど庭も荒れ果てている。門番の老人は高齢で門も開けられず、娘か孫か、連れてきた若い女性が手伝って門を開ける。女性もすすけた着物を着て寒そうにしていて気の毒になる。

光源氏は、頭中将が彼女を見たらなんというだろうと苦笑いをしながらも、通り一遍の顔つきの女性ならこのまま縁を切ってしまうだろうが、醜い顔を見てしまったのでかえってほっておけない気持ちになる。好き心からではなく「まめやかなるさま（誠実なようす）」で、頻繁に末摘花邸に訪れる。使者を遣わして、女房たちや門番の老人のための衣類を届ける。末摘花が光源氏の援助に対して気兼ねをするようすが見えないのが、かえって気が楽で、経済的な支援を続けようと思う。

一方で、やはりそんなに美人とはいえなかったけれど、身だしなみの良かった空蝉のことを思い出している。空蝉に拒絶されたことが光源氏の心にささった棘となっていつまでも思いを残していることがわかる。

このように衣装について描かれる流れで、正月に末摘花から届いた贈り物の衣装についても言及される。大輔命婦が末摘花から預かってきた衣装は、古めかしいもので、命婦も気が引けるようなしろものだった。添えてある歌もこういうときには使わない厚ぼったい硬い紙に書かれていて、詠みぶりもあきれるほどひどい。衣装がほかの人の目に触れないように隠し、光源氏からは立派な装束を末摘花邸に届けた。

雪の白と末摘花の鼻の赤、そして着ているものの黒、が強烈な印象を与えたが、光源氏の援助により、まともな装束を身につけ身だしなみを整えるようになる末摘花に、読者も胸をなでおろす気持ちになる。

＊参考
京都御所承明《じょうめい》門と紫宸殿。二〇二二年一月に著者が撮影。冬季だったので右近の橘は覆いで防寒対策が施されていた。紫宸殿左手の屋根が清涼殿。

４．紅梅の描写を書いて読む

正月の二条邸では、光源氏と若紫が人形遊びをしたり絵を描いたりして遊んでいる。光源氏が末摘花の似顔絵を描き。自分の鼻にも紅をつけてみせると、若紫が笑う。「とれなくなったらどうしよう」と光源氏が言う。光源氏が末摘花にことよせて紅梅の花を詠むくだりを書き写しながら、複雑な物語の語り口に耳を傾けてみよう。

そら拭ひをして、「さらにこそ白まね。用なきすさびわざなりや。内裏にいかにのたまはむとすらむ」といとまめやかにのたまふを、いといとほしと思して、寄りて拭ひたまへば、「平中がやうに色どり添へたまふな。赤からむはあへなむ」と戯れたまふさま、いとをかしき妹背と見えたまへり。日のいとうららかなるに、いつしかと霞みわたれる梢どもの、心もとなき中にも、梅は気色ばみほほ笑みわたれる、とりわきてみゆ。階隠のもとの紅梅、いととく咲く花にて、色づきにけり。

「紅の花ぞあやなくうとまるる梅の立ち枝はなつかしけれどいでや」と、あいなくうちうめかれたまふ。

【口語訳】

（光源氏が自分の鼻につけた紅粉を）拭き取ったふりをして、「まったく白くならない。無益ないたずらをしてしまった。帝になんとも申しあげよう」とたいそうまじめくさっておっしゃるのを、ほんとにかわいそうと思われて、近寄って拭き取ってくださるので、「平中のようにほかの色をつけないでくださいね。赤いのはがまんしましょう」とおふざけになるようすは、大変趣のある兄妹とお見えになる。日がとてもうららかなうえに、待ちかねたように霞が広がっている梢の、待ち遠しいなかにも、梅のつぼみがふくらんでほころびそうな笑みが広がっているのが、目立って見える。

「赤い花だけはどうしても好きになれない、紅梅が咲いて高く立っている枝には心ひかれるけれどもいやはや」と、どうしようもなくてついついため息をおつきになる。

〈よしなしごと・・・〉

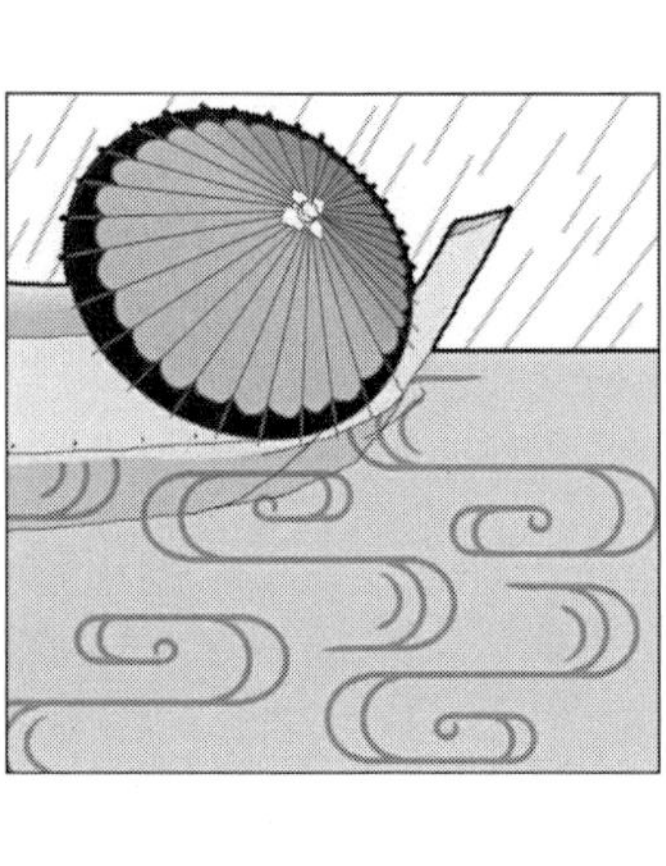

第七章　「紅葉賀」を読み解く

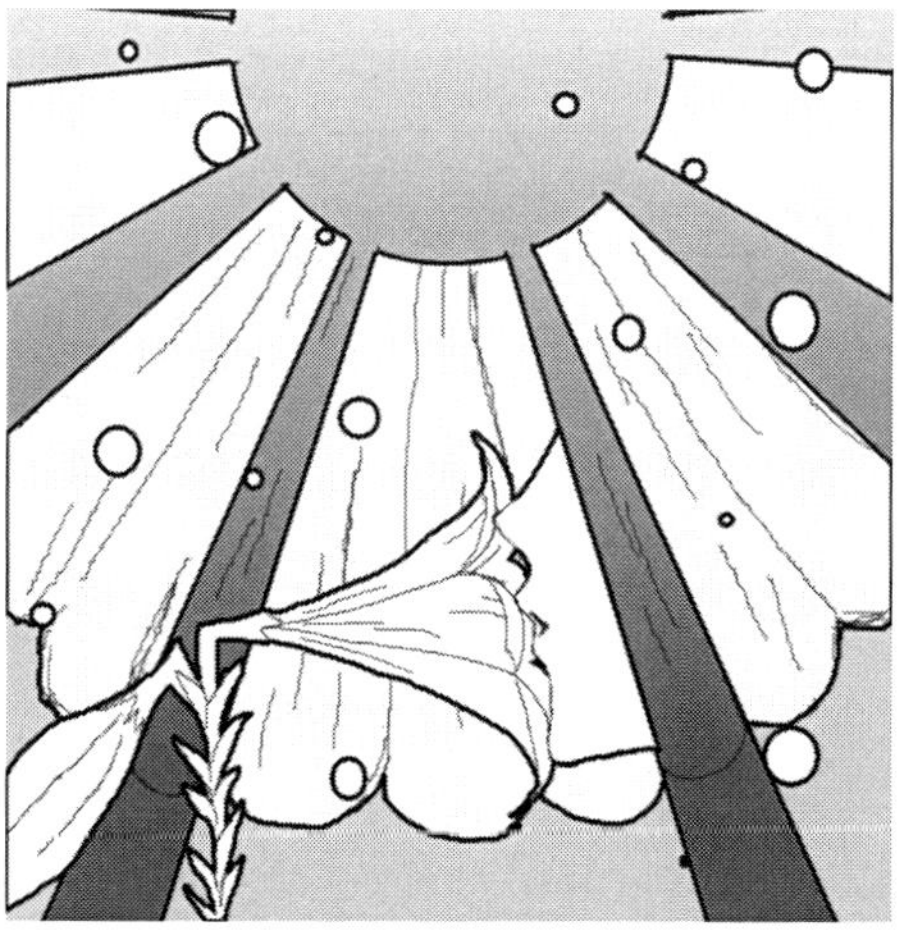

1. 楽の意味

【光源氏の年齢】一八歳の秋から一九歳の秋。中将から宰相（三位）に昇進。

【登場人物】

桐壺帝　　光源氏の父。妊娠した藤壺のために朱雀院の祝賀の儀の試楽を行う。

藤壺の宮　桐壺帝の女御。光源氏の子どもを妊娠したが、桐壺帝の子と偽る。皇子を出産し、中宮となる。

弘徽殿女御　朱雀帝の女御。桐壺更衣の息子であった光源氏や桐壺更衣にそっくりゆえに帝の寵愛を集める藤壺女御を憎んでいる。

葵の上　　光源氏の正妻。二条院に若紫がいることを噂で聞き、疎ましく思う。

源　内侍《げんのないしのすけ》　五七、八歳だが、好色な女性。光源氏に付きまとい契りを結ぶ。

頭中将　　左大臣の息子。葵の上の兄。源内侍のことで光源氏をからかう。

【ストーリー】

もうすぐ院の祝賀（紅葉賀）が朱雀院で行われる予定である。桐壺帝は、身重の藤壺を慰めるために、祝賀のために準備している舞楽を試楽として宮中で行うことにした。光源氏と頭中将が青海波《せいがいは》を舞う。人々は称賛するが、弘徽殿の女御は憎らしく思う。藤壺は人知れず懊悩する

光源氏は出産のために里下がりしている藤壺と会う機会をうかがっている。葵の上はなかなか光源氏が来ないのは、最近引き取ったという噂の若紫のせいだろうと不満をつのらせ、二人の関係はますますぎくしゃくしたものになる。

予定日を大幅に過ぎて、二月になって藤壺は男子を出産。光源氏にそっくりなので藤壺はますます思い悩む。息子である光源氏とそっくりな赤ん坊を見て、桐壺帝はたいへん喜ぶ。

光源氏は、興味本位から源内侍という老女と関係をもつようになる。頭中将がおもしろがってからかったりいたずらを仕掛けたりする。

七月、帝は譲位を念頭に、藤壺が生んだ皇子を将来東宮にしようと考える。藤壺は中宮となり、光源氏も宰相となる。弘徽殿女御の不満はつのる。

この巻は、ハレ（晴）とケ（褻）、光と闇が交錯する。ここではまずハレの部分について確認しよう。

物語に直接登場しないが、桐壺帝の前の天皇が退位して朱雀院に住んでおり、その先帝の生誕の祝賀の行事が行われることになっている。桐壺帝も朱雀院に行幸して参加の予定である。新編日本古典文学全集の頭注は、四十の賀または五十の賀であろうと記す。光源氏の年齢を考えると、その祖父が先帝だとすれば五十の賀であろう。また、桐壺帝の兄が先帝だとすれば、四十の賀の可能性もある。宮中で行われる祝賀行事としては最大級のものといえる。したがって、宴会が催されるだけではなく、さまざまな神事や舞楽が行われ先帝の長寿を寿ぐ計画であることがわかる。

朱雀院という建物は、もともと嵯峨天皇（七八六～八四二）の離宮のひとつだった。内裏に準ずる立派な寝殿造の建物があったとされる。その後、宇多・醍醐天皇もこの離宮を使い、宇多天皇（八六七～九三一）は退位後に常住した。村上天皇（九二六～九六七）の代までは使われていたが、その後は使われなくなったようだ。紫式部のころには、もはや跡形もなくなっていたと思われるが、聖帝として知られる嵯峨天皇の名前とともに、さまざまなできごとが伝説として語り伝えられていた可能性がある。

この祝賀について最初に書かれるのは、「若紫」である。四月に光源氏が北山から戻ってくると、宮中では、桐壺帝が朱雀院に行幸するのに備えて、宮中で「舞人など、やむごとなき家の子ども、上達部殿上人《かんだちめてんじやうびと》どもなども、その方につきづきしき（舞人など、上流階級の家の子どもたちや、上達部・殿上人などのなかで、その方面にふさわしいひとたち）」の選定が行われて、それぞれが稽古をスタートしていた。また、「末摘花」の巻では、夏になっていよいよ本番が近いということで、宮中では、太鼓や尺八の音が鳴り響き試楽、つまり、試しに演奏したり、舞を舞ったりすることが行われているという記述がある。どちらも「いとまなし」と書かれ、人々がイベントに向かって忙しく立ち回っている記述があった。

そのような歴史的な場所での盛大な祝賀の儀に向けて、光源氏の周辺ではたくさんの人々が準備に余念のないようすが語られていた。当代の天皇である桐壺帝は、一世一代の盛儀として何としても成功したいと周到に準備していた。そして、それをぜひ最愛の藤壺にも見せたいと思った。あいにく身重であるから桐壺帝とともに朱雀院に行くことができない。そこで、帝は、宮中で本番さながらの試楽を行い、藤壺に見せることにした。

光源氏が、頭中将とともに青海波を舞う。「青海波」とは、唐楽系の舞楽で、笙《しょう》や篳篥《ひちりき》、太鼓などによる合奏とともに舞人二人がまず舞い、四人、四〇人と舞人が増えていく舞楽である。最初に登場する二人の舞人は、若草色に青海波の地紋と千鳥の刺繍がほどこされた装束をつけ、頭には縹色の冠をつける。荘重さと華麗さの合わさった典雅な舞楽である。これを、光源氏と頭中将が舞うのである。

光源氏の舞のようすは、次のように描写される。

入り方《がた》の日影さやかにさしたるに、楽の声まさり、もののおもしろきほどに、同じ舞の足踏面持《あしぶみおももち》、世に見えぬさまなり。詠などしたまへるは、これや仏の迦陵頻伽《かりょうびんが》の声ならむと聞こゆ。おもしろくあはれなるに、帝涙をのごひたまひ、上達部親王たちもみな泣きたまひぬ。

【口語訳】

夕日の影がさわやかにさしこんでいるところに、奏楽の音が大きくなり、おもしろいところへ、同じ舞であっても足拍子や面持ちが、この世のものではないうつくしさである。詠などなさると、それは仏の国の迦陵頻伽の声であろうかと聞こえる。感興きわまりしみじみと感動的であるので、帝は涙をぬぐわれ、上達部や親王たちもみんなお泣きになる。

頭中将と二人で舞っているが、人並み優れた姿態の頭中将も、光源氏と並ぶと、「花のかたわらの深山木（花のそばの山の木）」でしかない。と書かれる。桐壺帝をはじめ、並み居る人々が涙を流して感動しているというのだから、相当なものである。

光源氏の声は迦陵頻伽に例えられる。迦陵頻伽は、「極楽浄土にいるといい、顔は美女のようで、その声が非常に美しいところから、仏の声を形容するのに用いられる」（『日本国語大辞典』第二版）鳥である。最高の誉めことばである。

しかし、見る人によって思いは複雑である。弘徽殿女御は、美しさが尋常でないことに対して、「神など空にめでつべき容貌かな。うたてゆゆし（神などが見入ってしまいそうな容貌ですね。ぞっとするくらい不吉だ）」と批判する。藤壺は、「おほけなき心のなからましかば、ましてめでたく見えまし（おそれ多い心がなければ、いっそうすばらしく見えただろう）」と夢のような気持ちになっている。光源氏との密通の罪の意識があって帝に申しわけない気持ちがあるので、すなおにすばらしいとだけ思って舞を見ることができないというのだ。ハレの舞台を見ながら、藤壺は自分のケの問題を抱え暗澹たる思いでいる。

当時、詩歌、管弦、舞などをすることを「遊び」といった。詩歌も音楽、舞もすべて神にささげる芸術で、まさしく聖なる遊びである。非日常的な空間と時間のなかで、虚構の中に美を形象化し、世界を祝福するのである。「神遊び」ということばもあり、神に敬意を表し、喜んでもらうために、神を遊ばせる。それが祭の起源でもある。

試楽以上に本番は、すばらしいものだった。紅葉が照り映える庭で、さまざまな楽の音が響き、華麗な舞もたくさん行われた。光源氏の青海波はひときわ輝かしく、恐ろしいほど美しかった。「この世のこととおぼえず（この世のものとも思われない）」と最高級の誉めことばが畳みかけられる。

このような盛儀の裏で、藤壺のみならず、葵の上もまた思い悩みがちだった。光源氏は、出産のために里下がりした藤壺に会いに行きたくてチャンスを狙っているため、なかなか葵の上のところへ出かけて行かない。その理由を、「二条院には人迎へたまふなり（二条院ではだれか女の人を迎えた）」からだと思って、嫌なことだと沈み込んでいるのだ。光源氏は、葵の上が直接恨み言を言わず、ただじっとこらえて不機嫌なようすなので、いろいろ不平不満を言ってくれれば、ひとつひとつ丁寧に対応できるのに、思いがけない勘違いが原因で黙られてしまうとどうしようもない、と考えている。そして、ここではじめて、光源氏としては、「人よりさきに見たてまつりそめてしかば、あはれにやむごとなく思ひきこゆる心（ほかの人よりも先に出会ったお方なのだから、しみじみとかけがえがないと思い申し上げる心）」があると書かれる。そして、そのことをいつかはわかってくれるだろうと。読者にしても、光源氏の胸のうちがここではじめて明らかになり、そうだったのか、という気持ちになる。紫式部の語りは、作中人物を自由自在に動かしながら、読者捌きも融通無碍である。

2．藤壺の出産

藤壺は出産のために実家の三条宮に下がる。そこには、藤壺の兄で、若紫の父である兵部卿宮がいる。光源氏は参上して内心の思いを押し隠して兵部卿宮と対面する。「色めかしうなよびたまへる（風雅で物腰がやわらかくていらっしゃる）」ので、光源氏は兵部卿宮を女にしてみたら趣があるだろう、と見入っている。さすがに藤壺や若紫と血を分けているだけのことはある。一方、兵部卿宮も、光源氏がまさか「婿に」などは思しよらで、女にて見ばやと色めきたる（婿になろうとはお思いにならず、女にしてみたいと色めいている）」。お互い相手を女にしてみたいと思っているところがおかしい。しかも、まだ若紫と人形遊びをしているような光源氏を「婿に」とは夢にも思わないし、そもそも、光源氏が自分の娘を引き取っていることも知らないわけで、光源氏の先走った思いと何も知らない兵部卿宮の思いがちぐはぐである。

そして、光源氏は、藤壺の兄である兵部卿宮が御簾の中に入っていくのをうらやましく思う。かつては自分も父・桐壺帝の計らいでああして御簾の内側に入れてもらったのに、と思い出している。確かに「桐壺」の巻には、藤壺の膝で遊ぶ光源氏の姿があった。

藤壺は藤壺で、何食わぬ顔で自分の兄と対面している光源氏をみて心中穏やかではない。

「紅葉賀」の巻では、ここまで語られてきたさまざまな人間関係が、二項対立、三項関係、四角関係となって、錯綜するかのようである。この三条邸でも、藤壺と兵部卿宮と光源氏が向かい合っているが、それぞれの内心はばらばらである。また、ここに存在しない若紫が重要なキーパーソンとして見え隠れする。

さて、出産予定は一二月なのに藤壺には出産の兆候がない。正式な予定日は桐壺の子どもを想定したものであるから、当然である。年が明けてしまい、人々は出産の遅れを物の怪のせいではないか、と案ずる。藤壺は「身のいいたづらになりぬべき（身を滅ぼすことになってしまいそうだ）」と絶望的な気持ちになっている。とはいえ月遅れで無事に男皇子が生まれる。人々の喜びをよそに、藤壺は、赤ん坊のためには長生きしたいと思うが、弘徽殿女御が憤懣やるかたないと聞くにつけてもこのまま死んでしまったら笑いものになるだろう、などと思い悩み、混乱気味である。

赤ん坊の顔は、光源氏と、「いとめづらかなるまで写し取りたまへるさま（たいそうめずらしぐらい写し取ったようであられた）」であった。藤壺は、「御心の鬼にいと苦しく（お心の鬼ゆえにたいそう苦しく）」、子どもの父親が光源氏だという噂がたったらどうしようかと、激しく落ち込む。すでになんどか紹介した「心の鬼」という紫式部にとってのキーワードがここでも使われている。心に住む鬼、すべては身から出た錆と頭ではわかっていても、この鬼は自分では制御できず、暴れまわり、わが身をむしばんでいくのである。

光源氏は、藤壺との逢瀬の仲立ちをした王命婦にあれこれと言い立て、藤壺にも赤ん坊にも会いたがるが、命婦は、どうしようもないと思う。「若宮をご覧になってもお苦しみが増すだけでしょうから」と言って慰める。「人の親の心は闇にあらねども子を思ふ道にまどひぬるかな」という『後撰和歌集』の藤原兼輔の歌をふまえて、「見ても思ふ見ぬはたいかに嘆くらむこや世の人のまどふてふ闇（若宮をご覧になっている宮も思い悩み、若宮をご覧になれないあなたはどれほど嘆いていらっしゃることでしょう。これこそ世の人が踏み迷うという子ゆえの闇です）」という和歌を詠みかける。

四月になり、すくすくと大きくなってもう寝がえりなどする若宮は、ますます光源氏に生き写しである。そして宮中に参内し、桐壺帝と対面する。「あさましきまで紛れどころのなき御顔つき（おどろくほど間違いなく（光源氏にそっくりな）お顔つき）」である。読者も桐壺帝の反応が気になるところであるが、桐壺帝は、露ほども疑っていない。異母兄弟で、自分の息子同士だから、似ているのは当然だということだろう。しかも、光源氏は東宮になるべき器量なのに、そうしてあげられなかったことで後ろめたい思いをしているから、光源氏とそっくりな今度生まれた皇子を東宮にできることがうれしいと喜んでいる。そして、異母兄弟がそろって光り輝くような美しさであることを手放しで喜ぶ。そんな帝の姿を見て、藤壺はますます落ち込んでしまう。

光源氏が管弦の遊びをしているところへ、帝が、光源氏にそっくりで光源氏が幼かったむかしを思い出すと言いながら、嬉々として若君を見せにやってくる。光源氏は、「面《おもて》の色かはる心地して、恐ろしうも、かたじけなくも、うれしくも、あはれにも、かたがたうつろふ心地（顔色が変わるような気がして、恐ろしくも、もったいなくも、うれしくも、感慨深くも、あれこれ揺れ動く気持ち）」で、泣きそうになる。形容詞を畳みかけるように列挙することで、悲喜こもごもの複雑な境地が表現される。帝に伴ってやってきた藤壺も、いたたまれない気持ちになる。

ここでも、喜びの絶頂に居る桐壺帝と、恥ずかしさに身の置きどころのない藤壺と、ふたりの思いを感じ取り自分の複雑な立場に混乱する光源氏と、三者三様の心模様が、あざやかに対比される。すやすやと無心で眠る若君とは対照的に、赤ん坊をとりまく三人の緊張関係が描かれる。

このあと光源氏は庭に咲くなでしこの花を折って手紙とともに藤壺に届ける。「よそへつつ見るに心は慰まで露けさまさるなでしこの花（若君になぞらえて見ていたなでしこの花に心が慰められないで、かえって涙で露にぬれたようになってしまいました）」という和歌を添える。藤壺から、やっとの思いで書いたような弱弱しい筆づかいで返歌がある。「袖ぬるる露のゆかりと思ふにもなほうとまれぬやまとなでしこ（若宮があなたの袖をぬらす原因だと思うにつけても、やはりやまとなでしこのことが疎まれます）」と書かれている。光源氏は、いつものようにどうせ返事はもらえないだろうと思っていたのに、思いがけず返歌があったので、たいそう喜ぶ。藤壺の歌の内容は、不義の結果生まれた若君がうとましいというもので、決して喜ぶべきものではないはずだ。しかし、光源氏は返事をもらえただけでうれしくて仕方がないのである。

そして、なでしこの花といえば、第二章で読み解いた「雨夜の品定め」で、頭中将が話したエピソードを思い出すだろう。夕顔のことである。頭中将と関係をもったときには、生命力旺盛ななでしこの花のイメージだった夕顔だが、光源氏と関係をもったときには、夕顔の花が朝になったらしぼんでしまうように、某院での夜にあっけなく亡くなってしまった。ここで光源氏が若君をなでしこになぞらえているのは、もちろん、生命力旺盛な赤ん坊だからである。しかし元気いっぱいでなでしこのように美しい若君が、二人の悩みの種となってしまっている。なでしこという花を介在させて、物の怪に取り殺された夕顔の影とかがやくような若君の光とが対比的といえよう。

このように藤壺の出産をめぐって、時間と場所を共有するもの同士の光と影が描かれる一方で、過去の時間にさかのぼることによっても影と光が描き込まれていく。語りの対位法がみごとである。

3．光源氏と源内侍

さて、末摘花に続いて烏滸話の系譜を担うのがこの巻に登場する源内侍である。

源内侍は年老いているのに好色である。それを不思議に思った光源氏は、おもしろがって言い寄ってみるところから二人の関係がはじまる。

上の御梳櫛《けづりぐし》にさぶらひけるを、はてにければ、上は御袿の人召して出でさせたまひぬるほどに、また人もなくて、この内侍常よりもきよげに、様体頭つきなまめきて、装束ありさまいとはなやかに好ましげに見ゆるを、さも古りがたうもと心つきなく見たまふものから、いかが思ふらんとさすがに過ぐしがたくて、裳の裾を引きおどろかしたまへれば、かはほりのえならずゑがきたるさし隠して見かへりたるまみ、いたう見延べたれど、目皮《まかは》らいたく黒み落ち入りて、いみじうはつれそけたり。

【口語訳】

（源内侍は）帝の御整髪をなさったのだが、終わったので、帝はお衣装の係をお呼びになり、お部屋から退出なさったが、部屋にほかには人がいなくて、この内侍がいつもよりこざっぱりとしていて、体つきや頭のかっこうがなまめかしく、衣装のようすもたいそうはなやかに好ましく見えたので、なんとも年寄りっぽくないことだとあきれてご覧になるものの、自分はどんなつもりなのだろうと、さすがにそのままにしておけなくて、裳の裾を引っ張って驚かせなさると、蝙蝠《かわほり》扇のなんともいえない絵が描かれているもので顔を隠して振り返った目が、いたく流し目なのだが、まぶたがたいそう黒ずんで落ちくぼんで、髪はたいそうほつれて乱れている。

美しいにつけ醜いにつけ紫式部の描写力はたいへんリアリティがある。頭の中にありありとその人物を思い描くことができる。末摘花にも手厳しかったが、ここでも辛辣である。面白がってちょっかいをかけたものの、ぎょっとしている弾ける源氏のようすも目に見えるようである。

光源氏が立ち去ろうとするのを源内侍が引き留めて泣く。適当にごまかして振り払って部屋を出る源氏を必死で追いかけて来る。「どうせわたしは橋柱ですから」と古歌「思ふこと昔ながらの橋柱ふりぬる身こそ悲しかりけれ（思うことは昔と同じであるが、橋柱が古くなるように年老いたわが身が悲しい）」をふまえて憎まれ口をきく。教養があることがわかる。そしてそんなふたりのドタバタしたやりとりを帝が覗いて笑っている。さらに頭中将が聞きつけて面白がっている。光源氏は、源内侍とともに烏滸話を繰り広げる道化と化している。

しかも、頭中将は、光源氏がそうなら自分も、といつものように対抗意識を燃やし、光源氏には内緒で源内侍と深い仲になる。

源内侍は実は琵琶の名手である。歌もうまい。光源氏は宮中でたまたま源内侍の琵琶の音と歌声を聞き、自分も歌い添えながら近寄っていく。ロマンチックな雰囲気のなかで和歌のやり取りをする。そのあと、二人で過ごしていると、光源氏を驚かせてやろうと頭中将がこっそり入ってくる。光源氏は源内侍を忘れかねているという修理大夫《すりのかみ》だろうと思って几帳のうしろに隠れる。闇に紛れて頭中将が、わざと腰の刀を抜いて、源内侍に横恋慕した男が几帳の影にいると騒ぎ立てる。源内侍は頭中将に取りすがる。頭中将が笑いをこらえている。二人の男の板挟みになった態でまんざらでもない源内侍である。しかし、「五七、八歳なのに二〇歳の若人の間でものおじしているのが変だ」と書かれて、ここで源内侍の年齢がはじめて明かされる。年寄りとは書かれていたが、まさか光源氏よりも四〇歳近く年長だとは、ということで、読者もあきれるほかはない。

光源氏が頭中将だと気づいて、二人とも笑い転げる。お互いもみ合いになり衣装が乱れ、頭中将の直衣がほころんでしまう。頭中将は光源氏の引きちぎれた衣装の袖を持ち帰り、光源氏は頭中将の帯を持ち帰ってしまう。朝になってお互い皮肉な和歌を添えて相手のものを突き返す。光源氏は何食わぬ顔で宮中に上がり、頭中将に対しよそよそしく振舞う。しかし、ことあるごとに中将にからかわれてへきえきとする。光源氏はうんざりだと思って源内侍から離れるが、源内侍は未練がましく恨み言を言ってくる。

藤壺が若君を前にしてあれこれ懊悩する記事に続いて、源内侍をめぐる記事は、笑いに包まれている。紫のゆかりと烏滸のゆかりがみごとに絡み合いながら物語が進行していく。

4．光源氏の心の闇の吐露を書いて読む

若君誕生によって、藤壺は中宮となり、光源氏は宰相となる。桐壺帝は譲位し、若君を立太子したいと考える。光源氏は罪障意識にさいなまれ闇に沈んでいく。そんな光源氏のようすを書写してみよう。「紅葉賀」の巻で顕著だった光と闇の対位法がくっきりと理解されるはずだ。

参りたまふ夜の御供に、宰相の君も仕うまつりたまふ。同じ后と聞こゆる中にも、后腹の皇女《みこ》、玉光りかかやきて、たぐひなき御おぼえにさへものしたまへば、人もいとことに思ひかしづききこえたり。まして、わりなき御心には、御輿《みこし》のうちも思ひやられて、いとど及びなき心地したまふに、すずろはしきまでなむ。

尽きもせぬ心の闇にくるるかな雲居に人を見るにつけても

とのみ、独りごたれつつ、ものいとあはれなり。

【口語訳】

中宮として参内する夜のお供に、光源氏もお仕え申し上げる。同じ后と申し上げるなかでも、藤壺は后原の皇女で、玉のように輝いて、たぐいまれな御寵愛をうけていらっしゃるので、人々も特別の思いでお仕え申し上げている。ましてや、どうしようもない光源氏のお心では、御輿のなかのようすも思いやられて、たいそう手の届かないような心地でいらっしゃるにつけても、そわそわとした気持ちにまでなってしまう。

尽きない心の闇に暮れていくことだ。宮中にはいっていく人を見るにつけても。

とだけ、独りごとをおっしゃりながら、すべてがたいへん身にしみて感じられる。

〈よしなしごと・・・〉

第八章　「花宴」を読み解く

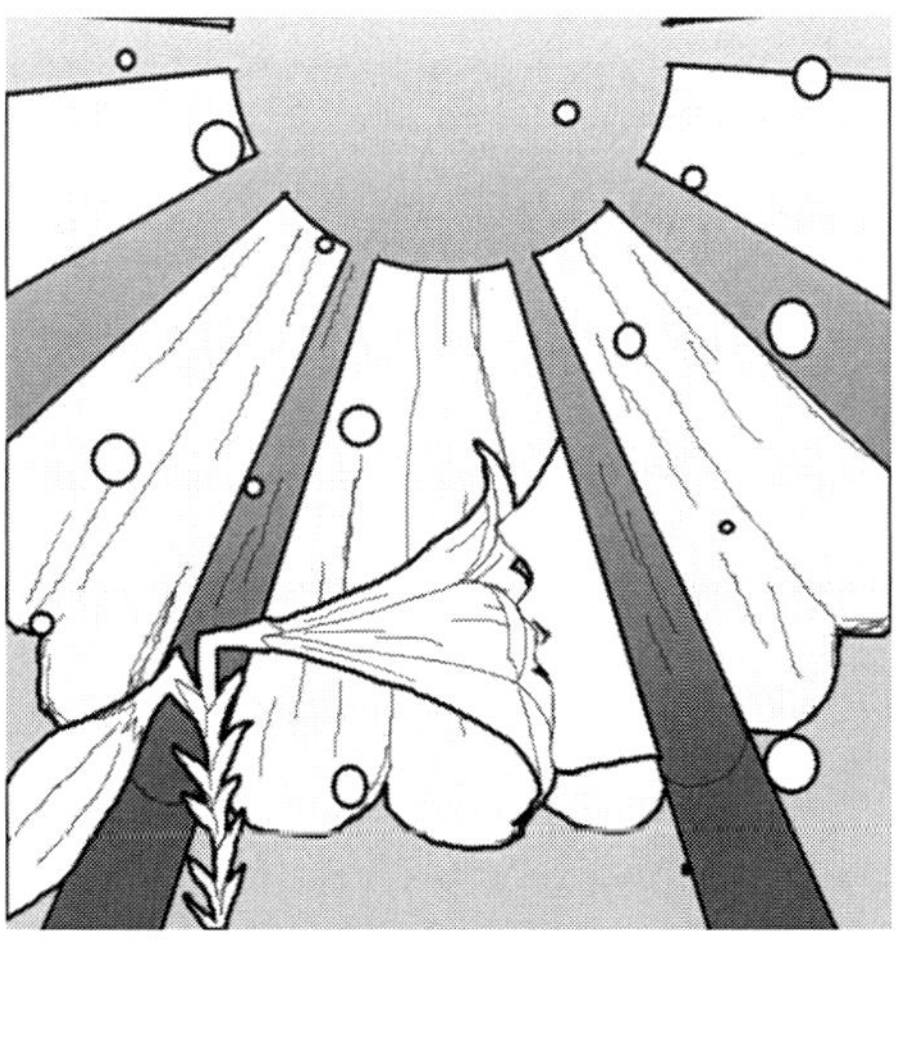

1．花のイメージについて

【光源氏の年齢】二〇歳の春。身分は宰相。

【登場人物】

弘徽殿女御　朱雀帝の女御。桐壺更衣の息子であった光源氏や桐壺更衣にそっくりゆえに帝の寵愛を集める藤壺女御を憎んでいる。

若紫　兵部卿宮の娘。藤壺の姪。光源氏の屋敷に引き取られている。光源氏の夜歩きに寂しさを感じている。

左大臣　葵の上と頭中将の父。紅葉賀での光源氏の舞を誉める。

朧月夜　右大臣の娘。弘徽殿女御の妹。東宮妃として四月に出仕予定。花見の宴のあとの光源氏に見とがめられ契りを結ぶ。右大臣家の藤見の宴で光源氏と再会する。

【ストーリー】

二月二十日すぎ、宮中の南殿《なでん》の桜のもとで花見の宴があり、光源氏は詩や舞を披露する。弘徽殿女御は人々に称賛される光源氏をにくにくしく思う。

宴が終わったあと、朧月に誘われて、藤壺の居室付近をうろついていた光源氏は、弘徽殿の細殿で「朧月夜に似るものぞなき」と歌いながらやってくる女性の袖を引き留めた。夜明け近くなって、女の名を尋ねるが教えてはもらえず、扇を交換して別れる。右大臣家の娘らしいとわかり、光源氏は心穏やかではない。

紫の上は美しく成長し、光源氏が夜になるとあちこちに出かけていくのをさみしく思っている。左大臣家に行くと葵の上は相変わらずである。左大臣に先日の紅葉賀での舞い姿を誉められる。

光源氏は、右大臣邸の藤見の宴に招かれる。酔いに紛れて奥で休むふりをして扇を交換した姫を探し当てる。

この巻の冒頭は南殿の花見の宴の華やかな場面からはじまる。

南殿とは紫宸殿《ししんでん》のことである。宮中の中央にあり、政治の中枢の機能を果たす建物である。朝貢の客が紫宸殿前の広場である南庭に並んだり、官僚たちの来駕を天皇が受けたりする。正面の入り口は承明門で、広い南庭が広がり、幅が四〇メートル、奥行き二〇メートル近い巨大な建物だったと言われている。現在一般公開されている京都御所の紫宸殿は、焼失を経て何度か立て直された江戸時代の建物だが、承明門からのぞくと、広い南庭と、巨大な紫宸殿に圧倒される。建物に向かって庭の上手の左右に、右近の桜と左近の橘が植えられている。二本の木の脇に護衛として左右の近衛府の官人たちが伺候した。この左近の桜の花を見る宴と称して、管弦の遊びをする春の行事が花の宴である。

原岡文子は、『源氏物語』における桜の花のイメージが、禁断の恋のメタファーとして用いられていると指摘する。「花宴」「若菜」上では実際の花見の宴が、また「野分」では桜の花のイメージが、それぞれ、禁じられた恋を暗示する表象として用いられているという（『源氏物語』「桜」考」〈『源氏物語の人物と表現　その両義的展開』翰林書房、二〇〇三年五月）。大変興味深い指摘である。確かに、「若紫」の巻でも、都ではすでに花の時期が過ぎていたが、北山では桜が咲いているという描写があり、桜の花咲く北山で、光源氏は藤壺にそっくりな若紫と出会った。その直後に、光源氏は藤壺と密通する。

さて、花見の宴は公的な行事であるので、主だった人たちが顔を揃える。桐壺帝、藤壺中宮、東宮が上座に座る。藤壺より下座に座らされた弘徽殿女御は、おもしろくない。光源氏や頭中将も参加する。当時は月や花をめでるときには、必ず、漢詩と和歌を詠唱した。美しい自然の景物を、人間がとくべつなことばを使って日常のことばのリズムとは違う韻律で称え、自然や天に感謝する。ことばを使う人間ならではの「遊び」であり、感謝を伝えることが芸術（文学）の役割だった。

この花の宴でも、親王たちや上達部による「探韻」が行われる。「探韻」とは、儒者がいくつかの「韻字」を用意して札に書いて台の上に置き、それを参加者が官位の順にひとりずつ無作為に選び、その韻字を使って漢詩を読む、というものだ。

漢詩には、決まった場所で必ず脚韻を踏むというルールがあるが、脚韻を踏むために使われる漢字が、発音によって三〇のグループに分かれている。各グループの代表的な漢字を使って、そのグループ名を「東韻」「支韻」「先韻」のように称する。たとえば、このときの探韻で光源氏が引いたのは「春」の字である。「春」は「真韻」のグループに属する。光源氏は、真韻に属する漢字を決められた句末に置いて漢詩を作ったのである。したがって漢詩を作るためには、三〇種類の韻に該当する漢字がどれであるかが頭に入っていなければならない。漢文が公用語であった当時の官人たちはみなそういう知識があった。紫式部も漢学の才があり、父に女性にしておくのはもったいないと言われたほどである。驚くべき知識量といえよう。

探題のあと、舞楽も行われる。紅葉賀の折の光源氏の舞がみごとだったからと、東宮が桜の枝を光源氏の冠に差し、舞を所望する。光源氏の美しい舞に、左大臣が日ごろの「恨めしさ」を忘れて感涙を流すと書かれる。「恨めしさ」とは、葵の上の父として、光源氏が葵の上に疎遠な態度をとっていることを恨みに思っているというのだ。このようなさりげない語り口に、光と影の部分を対比的に伝えようとする紫式部の意図を読み取ることができるだろう。

その後、探題によって皆が作った漢詩が披講される。光源氏の漢詩は講師《こうじ》があまりのすばらしさに感激し、いちいち感嘆のコメントをする。「かうやうのをりにも、まづこの君を光にしたまへれば、帝もいかでかおろかに思されむ（こういうときに、まずこの君を光（中心）になさるので、帝もどうして光源氏のことをおそろかに扱えるだろうか）」とある。具体的な内容は書かず、講師の反応を書くことで、いかにすばらしいかを伝える。読者は、どれほどすばらしかったのだろうかと想像を巡らせることになる。

光源氏の舞に対しては、左大臣が、恨めしさを忘れて感涙を流した、とあった。漢詩については、光源氏の才能が「光」という最高の形容でほめたたえられ、だから、帝は光源氏を大切に思っているということが、反語法を使って強調される。実は、光源氏は藤壺との密通によって帝を裏切っているにも関わらず、帝はそれを知らない、ということが言外に語られる。

そういう行間を受けて、藤壺の反応が書かれる。「中宮、御目のとまるにつけて、東宮の女御のあながちに憎みたまふらんもあやしう、わがかう思ふも心憂しとぞ、みづから思しかへされける（中宮は、光源氏の姿がお目にとまるにつけて、弘徽殿女御がむやみに光源氏を憎んでいらっしゃるのが不思議で、自分がこうして光源氏を好ましく思うのもつらいことだと、自分を振り返っていらっしゃるのだった）」。藤壺は、弘徽殿女御が美しく才能がある光源氏のことを憎む理由がわからない、と思っている。美しく才能があるから憎まれる、ということを理解できない美しい女性が藤壺なのだ。そして、美しくて才能豊かな光源氏を好もしく思ってしまう我が身の罪深さを省みる。

桜の花の美しさが、光源氏の美しさを引き立てる。宴の参加者が光源氏を見てさまざまな思いを抱いていることを浮き彫りにする。

藤壺は次のような歌をひとり詠む。

おほかたに花の姿を見ましかば露も心のおかれましやは

【口語訳】

ふつうのひとのように花の姿を見るならば、少しも気兼ねしないで見ることができただろうに。

「ましかば……まし」という反実仮想は、現実ではないことを想定する表現によって現実を伝えるという古文独特の用法である。ここでは、もし何も思い悩まず純粋に桜の花をみることだけを楽しめるなら、ということを表現し、実際は、光源氏との不義密通の悩みをいだきながら桜を見てしまうので桜のすがたを無条件で楽しめないという事実を詠んだ。続く草子地が、藤壺が一人心の内で詠んだ歌が、なぜ広まったのだろうと説明する。読者は、こっそり秘密を教えてもらったような気分になるだろう。草子地は、登場人物と読者との距離を縮める働きももつ。

この花の宴が次に起きる事件の前奏曲の役割を果たす。

2．朧月夜との出会い

宴のあと、春の月がのぼる。朧月である。光源氏は「酔ひ心地に、見すぐしがたくおぼえたまひ（酔い心地に、藤壺を見すごしにはできないと思われて）」藤壺の居室のあたりをうろつくが、藤壺との出会いを仲立ちしてくれる王命婦の部屋の戸も締まっているのでがっかりして、弘徽殿女御が使う部屋に立ち寄る。人の気配がなく「かやうにて世の中の過ちはするぞかし（こういうときに男女の間違いがおきるに違いない）」と思う。まるで自分のことを戯画化するかのようである。

朧月との対面の場面を読んでみよう。

いと若うをかしげなる声の、なべての人とは聞こえぬ、「朧月夜に似るものぞなき」とうち誦《ず》じて、こなたざまには来るものか。いとうれしくて、ふと袖をとらへたまふ。女、恐ろしと思へる気色《けしき》にて、「あなむくつけ。こは誰《た》そ」とのたまへど、「何かうとましき」とて、

深き夜のあはれを知るも入る月のおぼろけならぬ契りとぞ思ふ

とて、やをら抱き降ろして、戸は押し立てつ。あさましきにあきれたるさま、いとなつかしうをかしげなり。わななくわななく、「ここに、人」とのたまへど、「まろは、皆人にゆるされたれば、召し寄せたりとも、なんでふことかあらん。ただ忍びてこそ」とのたまふ声に、この君なりけりと聞き定めて、いささか慰めけり。

【口語訳】

たいそう若く心惹かれる声で、普通の人とは思われないようすで、「朧月夜にまさるものなし」と口ずさみながらだれか来るではないか。とてもうれしくて、さっと袖をつかまれた。女は、恐ろしいと思ったようすで、「まあ、いやだ。誰ですか」とおっしゃるが、「どうしていやがることがあるでしょうか」と言って、

夜更けの風雅を知っているのも、沈む月は朧ですが、おぼろげではない定めだと思います。

と詠んで、しずかに抱き降ろして、戸を締めてしまった。予想外のことにあきれはてているようすが、とてもかわいらしく心惹かれる。ぶるぶるとふるえながら、「ここに人が」とおっしゃるが、「わたくしは、みんなに許されているので、誰かをお呼びになっても、どうということはありません。ただ静かにしていてください」とおっしゃる声に、この方だったのかとわかって、少し安心なさった。

「朧月夜に似るものぞなき」というのは、三十六歌仙のひとり大江千里《おおえのちさと》（生没年未詳）が詠んだ「照りもせず曇りもはてぬ春の夜の朧月夜にしくものぞなき」の一部である。この歌は、大江千里が、白居易の詩文集『白氏文集』の詩句をもとに作った『句題和歌』（八九四）百首余りのうちの一首だ。白居易は、『源氏物語』に影響を与えた『長恨歌』の作者である。この歌は、「不明不暗朧朧月」という詩句の内容を和歌に仕立てたものである。百年ほど前に生きた大江千里の『句題和歌』を紫式部が熟知していたことがわかる。また、ここで漢詩由来の和歌の一節が口ずさまれていることも重要だ。花の宴において探題が行われて、光源氏のすばらしい漢詩が朗詠された感興の余韻に女性が浸っていることを示す。もしかすると光源氏の詠んだ漢詩の内容に照応するものだったかもしれない。

光源氏は、漢詩をモチーフにした和歌の一節を耳にし、その若々しく上品な声のようすから、春の月夜の風情を理解する高位な身分の女性の出現を喜ぶ。とっさに女性の袖をとらえ、抱きかかえ、入り込んでいた細殿に引き入れてしまう。

光源氏は、歌を詠みかけ、こうして朧月の夜に出会ったことは「契り」である、つまり、前世からの因縁ともいうべき運命的なものだと強調する。確かにここでの出会いが、このあと光源氏が苦境に立たされ、須磨に退去することになる展開を招くものという意味でも、運命的である。そして、貴種流離譚の話型にのっとり、その後のさらなる光源氏の栄光に発展していくきっかけでもある。貴種流離譚とは、「説話の一類型。幼い神や英雄が、種々の試練を経て、動物の助け、知恵の働き、財宝の発見などによって艱難を克服して神となったり、尊い地位につくというもの。この試練を経なければ尊い存在になれなかったと説く型で、文学作品や口承文芸に重要なモチーフとなっている」

（『日本国語大辞典』第二版）話型である。そんな運命の足音がひたひたと迫っているのを光源氏はまだ知らない。

前節で書いたように、花のもとで、光源氏の才能や美しさが衆目を集め、光源氏もそのことを自覚している。そして、誰もが称賛し順風満帆なのに、藤壺にだけは思うように会えない、なんとか会えないものかとさまよっているときに、朧月夜の声が聞こえた。音楽の才能もある光源氏は、声にも敏感である。しかも、それは盛り上がった探題の場面を彷彿させるものだった。酔った勢いということもあり、衝動的で強引とも思える光源氏の行動だが、紫式部はそこに至る道筋の必然性を周到に描き込んでいる。

そして、朧月夜は、これまで登場した空蝉や夕顔、また、藤壺や葵の上とは違って、はっきりとものを言う。怖がりながらも「あなむくつけ、こは誰そ」という言い方には、彼女の身分の高さも表れているし、勇気や行動力も表れている。そして、光源氏が、「わたしですよ」と言うと、「あ、光源氏だったのか」と少しほっとしている。宮中における光源氏の存在感の大きさがわかる。

そして、光源氏に、「情けなくこはごはしう（情愛のない堅苦しい）」女だと思われたくないと思う。本人のことばのとおり、誰にも文句を言わせない、誰からも好かれてしまう光源氏である。朧月夜が名のらないままに人々が起き出してくる。二人は扇を交換し別れる。

3．左大臣家と右大臣家

さて、ここで、『源氏物語』における左大臣家と右大臣家の関係を再確認しておこう。後に明らかとなるが、光源氏が出会った朧月夜は、右大臣の娘である。

右大臣は、当時の官僚を意味する太政官《だじょうかん》の最高位である太政大臣《だじょうだいじん》に次ぐ職掌で、左大臣と並ぶ。太政大臣は名前のみで政務にあたらないので、実質的な行政の最高責任者だ。左大臣と右大臣では、左大臣の方が職位は上である。

これまで登場してきた右大臣側の人物は、桐壺帝の女御である弘徽殿女御である。朧月夜はその一番下の妹である。左大臣のもう一人の娘・四《し》の君は、頭中将の正妻である。また、「花宴」の巻には、このあと、四位の少将、女一の宮、女三の宮という右大臣の子どもたち、つまり、弘徽殿女御の兄弟姉妹も登場する。桐壺帝には、弘徽殿女御との間に、東宮（のちの朱雀帝）と、女君二人がある。光源氏は桐壺帝と桐壺更衣の間の息子である。桐壺帝にはもう一人男子がいるが（帥宮《そちのみや》）、彼の正妻は、右大臣の別の娘である。

一方、左大臣側の登場人物は、その娘が葵の上で光源氏の正妻である。また、息子が頭中将で光源氏の良きライバルである。

つまり、物語において、この段階で、帝とより近い関係にあるのは右大臣家の人々である。制度上は、左大臣の方が右大臣より上の位であるが、宮中での人間関係においては右大臣グループが優勢であるといえよう。たくさんの娘・息子を持っていることも繁栄の証である。子どもたちを帝や有力者のところに嫁がせることで、右大臣勢力が拡大していることがわかる。

「花の宴」の巻では、このあと、光源氏が右大臣家の藤の宴に招かれ、朧月夜と二度目の逢瀬を重ねることになる。宮中での桜の花に引き続いて、藤の花宴の場面が華やかに繰り広げられる。

桜がそれを愛でる人々の心の闇を浮かび上がらせるものとして描かれていることをすでに確認した。藤の花は、どうだろうか。蔓性の樹木で、紫色のたくさんの小花をつけた房が上から大きく垂れ下がり芳香を放つ。いうまでもなく、光源氏と絡み合う紫のゆかりの女性の筆頭藤壺を思わせるあでやかな花である。

藤の宴に招かれた光源氏のみごとな衣装と容姿に、「花のにほひもけをされて（花の美しさも圧倒されて）」しまうとある。「匂ひ」は、古今異義語である。古語では、嗅覚に関連するものではなく、「あざやかに映えて見える色あい」や「人の内部から発散してくる生き生きとした美しさ」（『日本国語大辞典』第二版）をいう。目で見てはっきりとわかる美しさであり、その人の本質的な資質としての美しさが外見にあふれ出ていることを指す語である。藤の花のあでやかさよりも、光源氏の美しさがまさっていたと書かれる。桜の宴に続いて、光源氏の美しさが、植物の花よりもすぐれていると強調される。

そして、再び管弦の遊びや、漢詩の朗詠が行われ、宴は最高潮に達する。居並ぶ人々にとっては、少し前の宮中の花の宴で、光源氏の舞姿や学才に圧倒されたことが記憶に新しいはずだ。ここでも、光源氏は人々の期待どおりに、美しく才能豊かだった。宮中随一のスーパースターが再び人々の賞賛を浴び、憧憬の的となっている。

光源氏はすでにひそかに弘徽殿の細殿で出会った女がだれであるかを探らせていた。おそらく右大臣の娘、弘徽殿女御の妹だろうとあたりをつけてはいるが、確信はない。そこで、酔ったふりをして、少し休ませてほしいと言って、宴会場から離れたところにある部屋の御簾のうちに入り込む。するとそこに、扇を交換した朧月夜がいた。後戻りできない二人である。やがてこのことが露見し運命が暗転する。

＊参考
京都御所内の建物と建物の間は、現在は砂利道でつながっているが、かつては、すべて渡殿でつながっていた。

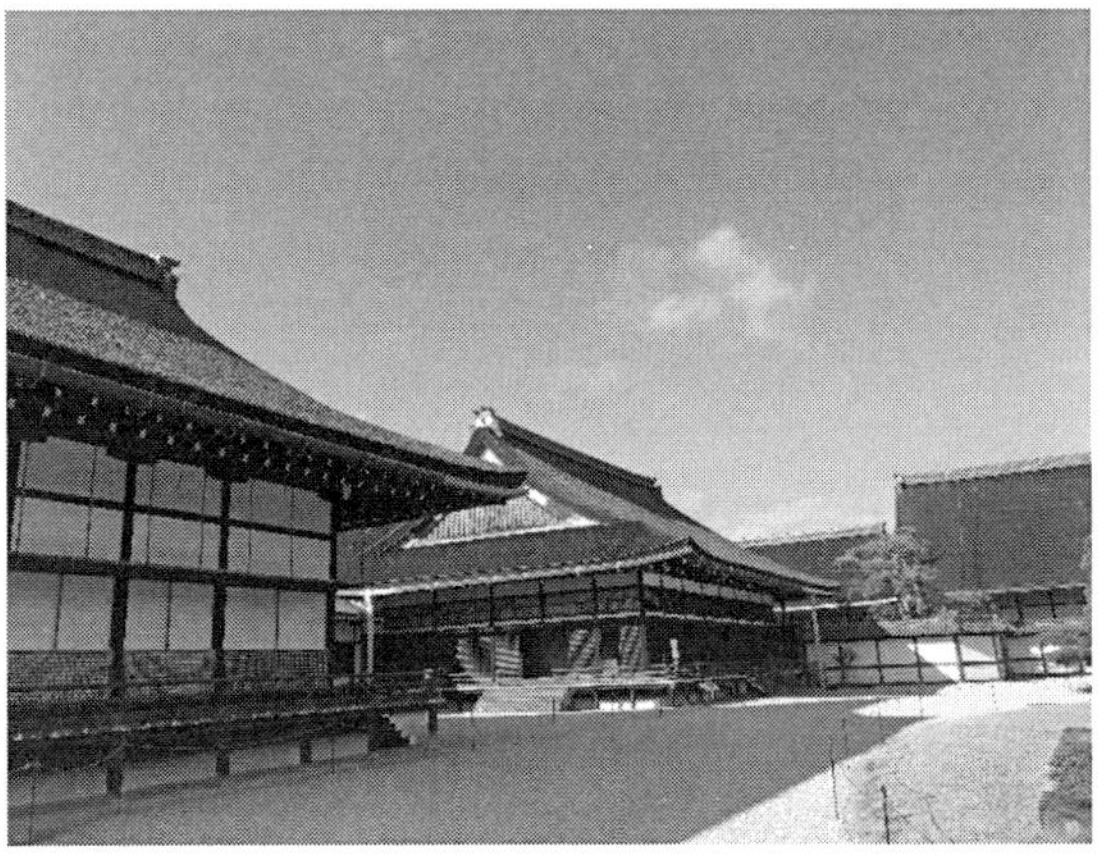

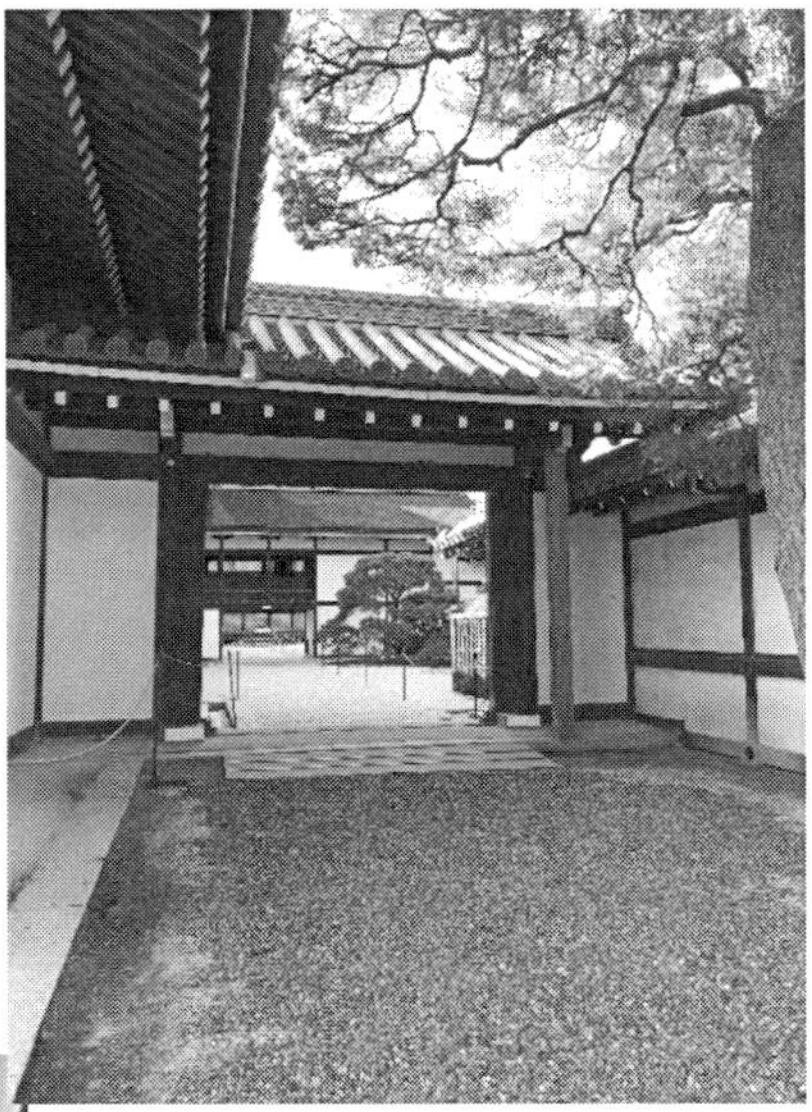

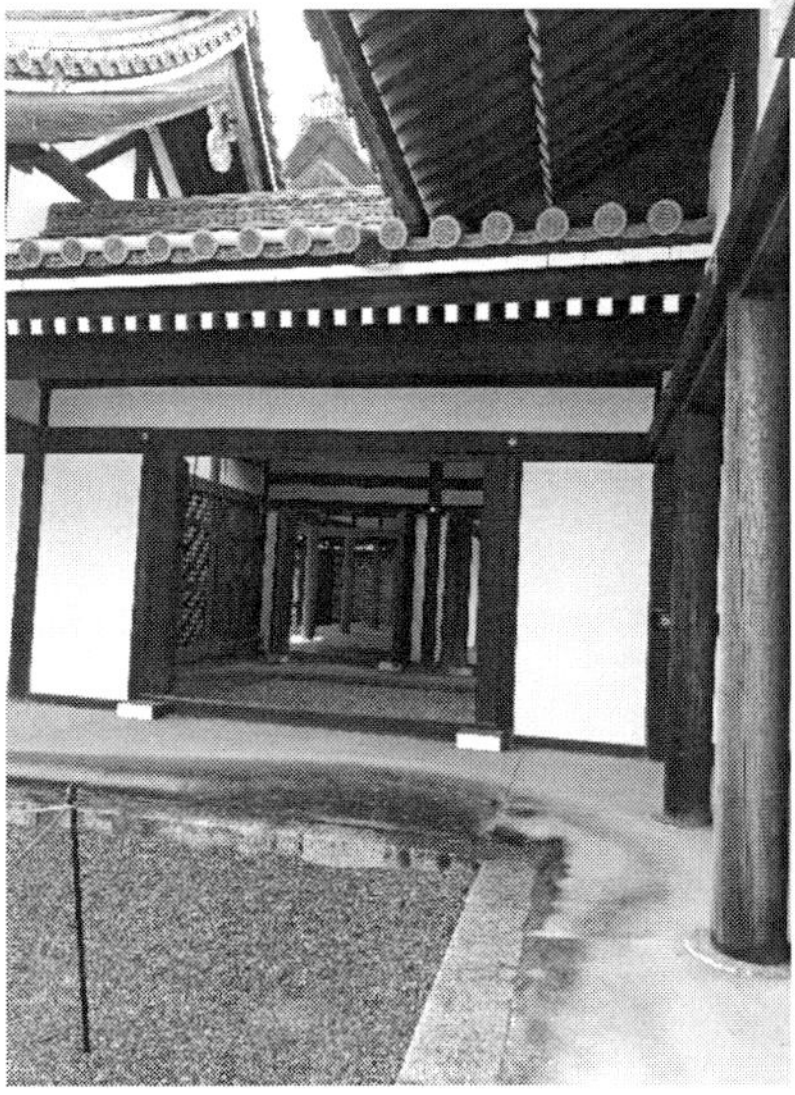

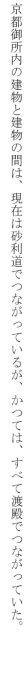

4．扇をめぐる贈答歌を書いて読む

名前も知らぬまま一夜をともにした朧月夜に光源氏が名前を尋ね、二人は逢瀬のしるしに扇を取り換える。相手を探り合う二人のやりとりを書き写しながら、和歌で思いを届け合う当時の男女関係について想像してみよう。

「なほ名のりしたまへ。いかでか聞こゆべき。かうてやみなむとは、さりておも思されじ」とのたまへば、

うき身世にやがて消えなば尋ねても草の原をば問はじとや思ふ

と言ふさま、艶《えん》になまめきたり。「ことわりや、聞こえ違へたるもじかな」とて、

「いづれぞと露のやどりをわかむまに小篠《こざさ》が原に風もこそ吹け

わづらはしく思すことならずは、何かつつまむ。もし、すかいたまふか」とも言ひあへず、人々起き騒ぎ、上の御局《つぼね》に参りちがふ気色《けしき》どもしげく迷へば、いとわりなくて、扇ばかりをしるしに取りかへて出でたまひぬ。

【口語訳】

「やはり、名前をお名乗りください。どうやって手紙をさしあげたらよいのでしょう。このままおしまいにするとは、まさか思われないでしょう」とおっしゃると、

つらい世にこのまま消えてしまったら、尋ねてきても草原に名前を問うことはなさらないでしょう。

と言うようすが、趣があって優雅である。「もっともです。間違った申し上げようでしたね」とおっしゃって、

「どこなのか、露のようにはかないあなたの宿がわからないまま、小篠の腹に風が吹くように噂が広がったら大変です。わずらわしいと思われないならば、どうして名前を隠したりするでしょうか」と言い終わらないうちに、人々が起きて騒ぎはじめ、上の御局に出入りし始めるようすがしきりにあちこち聞こえるので、ほんとうにどうしようもなくて、扇だけをしるしに交換して、出ていらっしゃった。

第九章　『紫式部日記』冒頭部分を読み解く

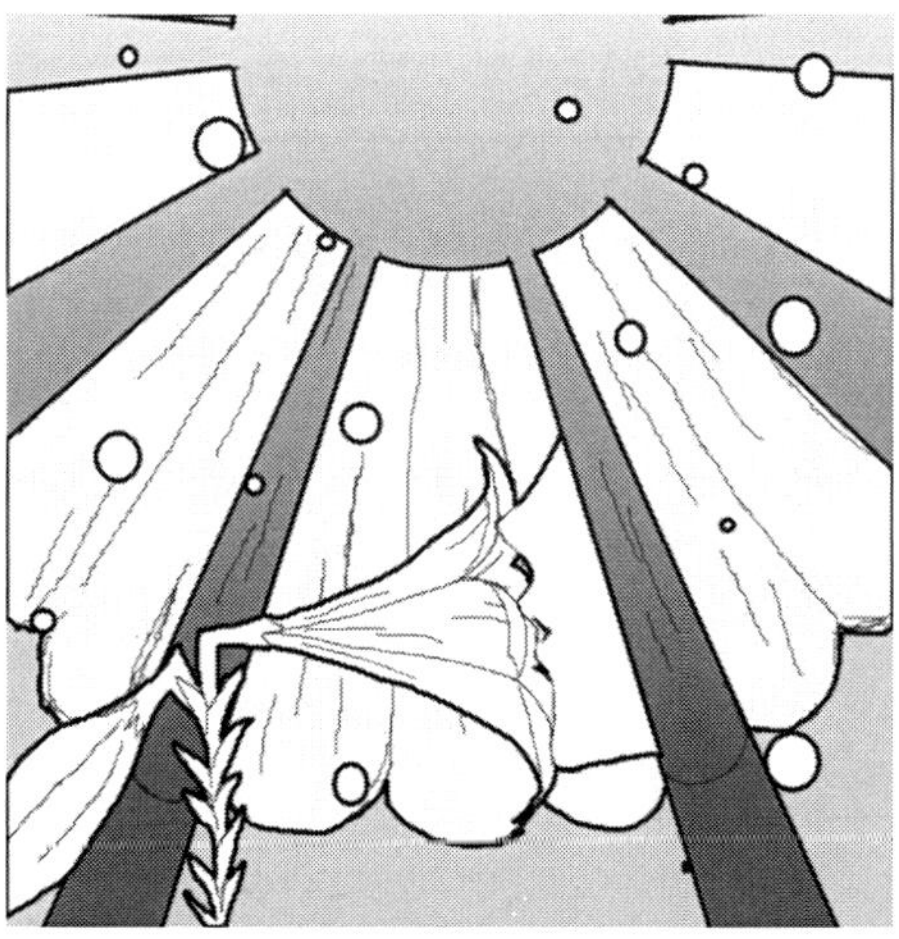

1．土御門邸について

『紫式部日記』（一〇一〇年ごろ成立）に相前後する平安時代の日記文学としては、紀貫之《きのつらゆき》の『土佐日記』、藤原道綱母《ふじわらみちつなのはは》の『蜻蛉日記』、和泉式部《いずみしきぶ》の『和泉式部日記』、菅原孝標女《すがわらたかすえのむすめ》『更級日記』が知られる。それぞれの起筆は次のとおりである。

『土佐日記』九三五年ごろ成立
男もすなる日記《にき》といふものを女もしてみむとてするなり。
【口語訳】
男が書くという日記というものを、女のわたしも書いてみようと思って書くのである。

『蜻蛉日記』九七四年以降成立
かくありし時過ぎて、世の中にいとものはかなく、とにもかくにもつかで、世に経《ふ》る人ありけり
【口語訳】
こんなふうに過ごした時間が経過して、世の中にたいそうはかなげに、どっちつかずのまま、生きている人がいた。

『和泉式部日記』一〇〇七年成立か
夢よりもはかなき世の中を、嘆きわびつつ明かし暮らすほどに、
【口語訳】
夢よりもはかない世の中のことを、嘆き心細く思いながら明け暮れすごしているうちに

『更級日記』一〇六〇年ごろ成立

あづま路の道のはてよりも、なほ奥つ方に生ひ出でたる人

【口語訳】

東国の道の果てよりも、なお奥の方で生まれ育った人

一人称主語を明示しない古文の性格上、日記という自分語りの作品のなかで、人称が揺れて、「女」や「人」という語で自分自身を表現することもある。ここに提示した日記文学の冒頭は、いずれも、自分自身のことを書くところから日記が始まっている。それに対して、『紫式部日記』の冒頭は趣が異なる。

秋のけはひ入りたつままに、土御門殿の有様、いはむかたなくをかし。

【口語訳】

秋の気配に入っていくままに、土御門邸のようすは、言いようもなく風情がある。

自分が仕える彰子が、出産のために実家である土御門邸に里下がりをしている。紫式部も随行し、土御門邸に滞在している。日記の冒頭は、その屋敷の庭の秋の風情を描写する。以下、彰子が出産前のひとときをどのように過ごしているかという描写が続く。そして、出産の無事を祈る加持祈祷のようすも描写される。自分の内面を綴るのではなく、宮仕え女房という立場から、さまざまな場所や人物を観察する。

「土御門殿」とは、藤原道長の屋敷である。現在京都御所の東側に仙洞御所があるが、このあたりがもともとは京極土御門殿といわれる藤原道長の邸宅だった。土御門大路の南、京極大路の西側に位置する。道長の時代には、敷地が拡張され、南北二町を占める広さを誇った。

土御門邸は、もとは道長の正妻・倫子《りんし》の父である源雅信の邸宅だった。ここで彰子は後一条天皇になる皇子を出産するが、別の道長娘・嬉子《きし》も後朱雀帝となる皇子を出産している。大内裏の上東門からまっすぐに通じる道沿いにあり、内裏にも近い。後一条天皇や後朱雀天皇は、里内裏として使用した。長和五年（一〇一六）に隣家の失火から類焼し、全焼する。再建された土御門邸は、道長の栄華を綴る『栄花物語』に、当代随一の建物となったと書かれる。

藤原道長の栄華を象徴する建物の美しさを描写する紫式部の筆は、はつらつとしている。

冷静に秋の庭のしみじみとした風情を描写しつつ、彰子のようすをていねいに記述する。臨月であるにも関わらず肉体的なつらさをみじんも外に出さず、立派に過ごす彰子を賛美する。そんな彰子の存在が「憂き世のなぐさめ」であるという。また、彰子に仕えていることが「うつし心（現実認識）」を紛らわすことになるとも書かれる。

日記の冒頭の記事は、寛弘五年（一〇〇八）七月である。紫式部は三六歳ぐらい。『源氏物語』の前半部分が書きあがったころとされる。彰子に仕えるようになったのが、寛弘二、三年ごろと言われている。彼女はなぜこの世を「憂き世」と感じていたのだろうか。また、彰子のめでたさによって気の紛れるような彼女を取り巻く現実とはどのようなものだったのだろう。

ほかの日記文学と違って、自分の思いや日常のようすをここでは一切語らず、土御門邸のすばらしさを伝える。彰子の出産に備えて人々が忙しく準備をしたり勤行をしたりするようすが事細かに描かれる。すでに『源氏物語』の主要部分の執筆を終えていた紫式部の文筆家としての描写の冴えが際立つ冒頭部分である。

2．道長と頼通

日記の冒頭付近では、彰子に続いて、道長とその息子・頼通についても賛辞が送られる。

夜の土御門邸の描写で起筆されるが、その夜が明けて朝になって道長が紫式部の局（居室）にやってくる。

渡殿《わたどの》の戸口の局に見いだせば、ほのうちきりたるあしたの露もまだ落ちぬに、殿ありかせたまひて、御随身《みずいじん》召して、遣水《やりみず》はらはせたまふ。橋の南なるをみなへしのいみじうさかりなるを、一枝折らせたまひて、几帳《きちょう》の上《かみ》よりさしのぞかせたまへる御さまの、いと恥づかしげなるに、わが朝がほの思ひしらるれば、「これ、おそくてはわろからむ」とのたまはするにことつけて、硯のもとによりぬ。

をみなへしさかりの色を見るからに露のわきける身こそ知らるれ

「あな疾《と》」とほほゑみて、硯召しいづ。

白露はわきてもおかじをみなへしこころからにや色の染むらむ

【口語訳】

渡り廊下の入り口のそばにある自室で、庭の方を見ていると、すこし霧がかかった朝露が木々の枝に残っている時間なのに、殿（道長）が歩きまわっておいでで、護衛官をお呼びになり、遣水のつまりを直させていらっしゃる。渡り廊下にかかる橋の南側におみなえしの花がたいそう咲き誇っているのを一本折らせなさって、几帳越しに差し出しなさるご様子が、こちらがはずかしくなるほどとてもすばらしく、自分の寝起きの顔が思い知られて、「この花の歌は遅くなってはよくないだろう」とおっしゃるのにことよせて、硯のそばへ寄っていった。

おみなえしの盛りの色を見るにつけて、露が区別して（年取った）自分には置かれないことを思い知らされます。

「おお、早い」とほほえまれて、硯をお取り寄せになる。

白露は分け隔てをして置いてはいないだろう。心次第で美しい色にそまるだろう。

初秋の早朝の露とおみなえしを素材とした軽妙なやりとりである。

このとき、道長は四二歳である。長保元年（九九九）に彰子を一条帝に入内させ、一〇年が経過、彰子がやっと妊娠し、もうすぐ赤ん坊が生まれる。父としての喜びもひとしおであるし、関白として天皇の外戚となる可能性も目前にして、何かと気持ちが浮足立っていることを思わせる。早朝のまだ誰もいない庭にやってきて、庭を歩きまわったり、遣水の落ち葉を取り除かせたりしている。古語の「歩く《あり》」は、あちこちうろうろと歩きまわることをいう語である。

道長は紫式部が起きているのに気づいて、おみなえしを一本護衛官に手折らせ、紫式部のいる部屋の几帳の上から差し出す。おみなえしは、黄色い小花を傘状に密集させて咲く。花には露のしずくがキラキラと残っていただろう。この花を題材に歌を詠んでごらんというメッセージである。

紫式部は道長のようすを「いと恥づかしげなる」と描写する。「恥づかし」も古今異義語で、ここでは、「こちらが気おくれするほど、相手が優れているさま。立派である」（『日本国語大辞典』第二版）ことをいう。相手のことを高く評価する語だ。

紫式部は寝起きの顔で化粧もしておらず、気おくれしながら、急いで硯に向かって歌を詠む。年を取った寝起きの顔を弁解するような内容である。道長は、おみなえしが美しいのは内面的な美しさだという内容の返歌をする。年齢を気にする紫式部に対して、あなたには内面の美しさがあるでしょう、と言っているかのようだ。

そもそも紫式部を彰子の女房にと要請したのは道長である。彼女の才能にほれ込んでのことだろう。紫式部は、彰子の家庭教師のような役割を果たし、漢詩文を講じるなどしている。このころ、紫式部は、道長の召人《めしゅうど》（和歌を詠んだり和歌の選定をしたりする女官）となったのではないか、ともいわれている。

自分に求められていることをとっさに判断してすぐに行動する紫式部の才媛ぶりがうかがわれる。その紫式部が、道長に敬愛のまなざしを送っていることがわかる。ここで紫式部に描写される道長の姿には、光源氏を彷彿させると、『源氏物語』を知る者ならだれもがそう思うだろう。

この早朝のやりとりに、道長の息子・頼通に関する夕刻の描写が続く。

しめやかなる夕暮に、宰相の君と二人、物語してゐたるに、殿の三位の君、簾のつま引きあけて、ゐたまふ。年のほどよりはいとおとなしく、心にくきさまして、「人はなほ、心ばへこそ難きものなめれ」など、世の物語しめじめとしておはするけはひ、をさなしと人のあなづりきこゆるこそ悪しけれと、恥づかしげに見ゆ。うちとけぬほどにて、「おほかる野辺に」とうち誦じて、立ちたまひにしさまこそ、物語にほめたるをとこの心地しはべりしか。

【口語訳】

しっとりとした夕暮に、宰相の君と二人で、話をしていると、そこへ殿の息子・三位の君が、簾の先を引き上げて、お座りになった。年齢のわりに大人びて奥ゆかしいようすで、「女性はやはり性格の良さというのがなかなか難しいもののようだ」などと、男女の話をしみじみとしてなさるようすが、幼いと人が侮るのはだめだと、こちらが恥ずかしくなるほど立派にみえる。そんなにうちとけないうちに、「おおかる野辺に」とちょっと歌いながら、お立ちになるようすこそ、物語のなかで賞賛される男性のような気がしたことだ。

朝の道長に続いて、今度は夕方である。紫式部は、親しい女房のひとりである「宰相の君」とよもやま話をしている。

「宰相の君」は、道長の兄である藤原道綱《ふじわらのみちつな》の娘・豊子である。道綱は『蜻蛉日記』の作者の息子だ。豊子は文学的な血筋を引き継いでいて紫式部と話が合ったのかもしれない。

そこへ、道長の息子である三位の君、すなわち頼通がやってくる。遠慮なく局（女房の部屋）の簾を引き上げて座り込む。当時の年齢は一七歳である。頼通が女性のことなど論じていて大人びて頼もしいようすを、道長のときと同じように「恥づかし」という語を使って誉める。同じ語を意識的に使って、父と息子がともにりりしいことを強調する。

また、ここには、第五章１で説明した、同語反復の用法が使われる。短い構文のなかに「物語」という語が三回使われる。最初の「物語」は紫式部と宰相の君の世間話やよもやま話といった意味合いである。続いて、頼通がしみじみ展開した女性論を「物語」と表現する。さらに、頼通は物語の登場人物のように好ましい若者だ、と書かれる。この「物語」は、作り物語の意味である。まさに紫式部が書いた『源氏物語』に出てきそうな貴公子である。さらに少し離れたところで、頼通がうたたねをしているところに通りかかり、あまりにもかわいらしく美しいので、「物語の女の心地もしたまへるかな（物語の中の女性のようなようすでいらっしゃいますね）」と声をかける場面がある。男性に対して女性のようだと表現するのは、美しさを誉めるときの常套的な表現だ。

「物語」ということばは、『源氏物語』の作者である紫式部にとって大切なものだっただろう。女房とのよもやま話も、若い男性が展開する女性論も、土御門邸での見聞や経験がすべて物語の中にいるようなものだった。ここでの「物語」という語には、紫式部の物語へのこだわりが表れている。

紫式部は、彰子に随行してやってきた土御門邸の庭のしつらえと彰子のようす、朝の庭を歩きまわる道長、夕暮の局に座り込む頼通、と巧みなカメラワークで、被写体をずらしながら、彰子の周辺の風景と関係者を描写していることがわかる。日記の冒頭には、道長一族を称える気分が濃厚だといえよう。

3．彰子出産

さて、彰子が里下がりをして二か月近く経過し、九月九日の重陽の節句の翌日、いよいよ出産の兆候があり、産室が整えられる。彰子は特別にしつらえた御座所で出産に臨む。物の怪が出現し、修行者、陰陽師、僧正、僧都など総出で、祈祷したり読経したり、不動明王を呼び出したり、声が枯れはてるほど一心不乱に祈りをささげている。さすがの紫式部もその大音量に驚いているようすで、数えてみたら祈祷する人たちが四〇人以上いた、と記している。古参の女房たちは心配のあまり泣き出してしまっている。

次の日の朝、いよいよ陣痛が始まり彰子は分娩台に移動する。当時は座産である。のちに天台座主《ざす》となる院源僧都が、安産祈願の願文《がんもん》を読み上げる。そのようすが、「あはれにたふとく、頼もしげなること限りなき（しみじみとありがたく、頼もしいことこの上ない）」と書かれる。物の怪が出現したときの混乱した喧噪に比べて、荘厳な雰囲気だったのだろう。そして傍らで道長が一心不乱に仏に祈っており、その姿がまた頼もしいと書かれる。そして、道長の必死な気持ちを思いやってお付きの人たちがみな涙をこらえきれないでいる。大声をあげて物の怪を調伏しようとする人、つぶやきながら祈り続ける人、泣き出してしまう人などであふれかえる産室の周囲のサウンドスケープは、想像を絶するものだっただろう。

あまりにも取り囲んでいる人間が多いと彰子が出産しづらいだろうというので、道長が差配し、彰子がいる几帳の内に入る七人ほどの女房を選ぶ。長年彰子に仕えてきた古参のものたちである。そして外の部屋で待機する女房八人、紫式部は外の部屋に伺候する。さらにその部屋の几帳の向こう側には乳母や彰子の兄弟たちなどたくさんの人がひしめいている。

あしかけ二日がかりの出産で難産であるため、彰子は形式的ではあるが出家し、さらなる仏の加護を祈念する。建物のあちこちで僧たちも俗人もだれもかれもが大声で祈りをささげる。いよいよ生まれるという段になって物の怪もパワーアップし、物の怪が憑いて昏倒する阿闍梨《あじゃり》もいる。みんな一睡もしないで伺候しているので、衣装もしわになり、化粧も崩れ、あきれるような顔になってしまっていて、あとで笑い話になった、と書かれる。それにしても、物の怪のしつこさには驚かされる。集団ヒステリーのような状態になっている。

正午に、男皇子が無事に生まれた。その喜びが次のように書かれる。

午《むま》の刻《とき》に、空晴れて、朝日さし出たる心地す。たひらかにおはしますうれしさの、たぐひもなきに、をとこにさへおはしましけるよろこび、いかがはなのめならむ。昨日しをれくらし、今朝のほど、秋霧におぼほれつる女房など、みな立ちあかれつつやすむ。御前には、うちねびたる人々の、かかるをりふしつきづきしさぶらふ。

殿も上も、あなたに渡らせたまひて、月ごろ御修法《みすほふ》、読経にさぶらひ、昨日今日召しにてまゐりつどひつる僧の布施たまひ、医師《くすし》、陰陽師《おんやうじ》など、道々のしるしあらはれたる、禄たまはせ、うちには、御湯殿の儀式など、かねてまうけさせたまふべし。

【口語訳】

昼に、空が晴れわたって、朝日が昇ったような気がした。無事に出産なさったうれしさが、たぐいないほどであるのに、ましてや男皇子でいらっしゃった喜びは、どれほどすごいことだろう。昨日は泣き暮らし、今朝は、秋の霧のなかで涙に溺れるほどだった女房たちが、みな別れて局で休む。彰子の御前には、年配の女房たちでこのような場合にふさわしい人がお仕えする。

殿も北の方も、あちらに行かれて、数か月御修法や読経の奉仕をし、きのうきょうはお屋敷にお召しになって参集していた僧侶たちお布施を下さり、医師や陰陽師などで、それぞれの方法で功徳のあったものたちに、報酬をお与えになり、室内では、御湯殿の儀式などをなさる。

紫式部は、喜びのなかにも、ルポライターのように冷静な観察を怠らない。彼女もみなと同様に彰子の無事を祈っただろうが、祈りをささげる宗教者たちやおつきの人たちのようすを実に詳細に観察して記録する。后の出産の記録としても貴重なものといえよう。

僧侶や陰陽師、医師たちにお礼や褒美を配ってまわる道長と倫子のようすも目に見えるようである。親心が痛いほど伝わってくる。出産に向けて彰子が次々と場所を移していくようすや、祈祷者たちの物の怪との壮絶な戦いぶりなど、ドラマチックな描写が畳みかけるように続き、読者をぐいぐい引っ張っていく筆力はみごとである。

誰しもひとごとではない思いで、はらはらどきどきしながら彰子の出産前後の記述を読むだろう。おそらく、娘を出産した経験のある紫式部も、彰子の出産に立ち会いながら我がことを思い出してもいただろう。また、彰子に仕える女房として、こころから大切に思っている彰子の男子出産という一大イベントの一部始終に立ち会えた喜びが行間にあふれている。

そして同じように光源氏の出産の場面がある『源氏物語』の冒頭「桐壺」の巻と詠み比べるのも興味深い。

『紫式部日記』は、事実を記録したもので、『源氏物語』は虚構であるという違いはある。しかし、どちらも、作品のはじまり部分に、天皇の皇子の出産が描かれる。そして『源氏物語』では、皇子を生んだ桐壺更衣の死が同時に描かれた。愛別離苦という究極のテーマが物語のはじめの段階で示された。それに対して、彰子の出産は、生まれるまでは難産であったが、この出産がきっかけとなり、藤原家の栄華は盤石になる。

『源氏物語』の「桐壺」が書かれたのは、彰子が出産するよりも五年ほど前のことだ。紫式部は、葵の上の出産に際しても物の怪を登場させている。明石の君が出産するときも物の怪調伏の祈祷をさせる描写がある。しかし、彰子の出産における物の怪の出現や調伏のための祈祷のありようは想像を絶する壮絶なものだったのではないだろうか。

日記の冒頭、憂き世への思い、現実のつらさを吐露していた紫式部であったが、自分が書いた『源氏物語』さながらの、土御門邸での道長や頼通との交流がそれを忘れさせるものだった。そして、ついに彰子が無事に男皇子を出産し、その前後の儀式や出産ドキュメンタリーを綴り、作家としての面目躍如たるものがあり、日記を綴る紫式部も実に生き生きとしているような印象を与える。

4．書き出しを書いて読む

土御門邸の秋の庭の風情と、出産を控えて里下がり中の彰子のようすを書きながら味わってみよう。

秋のけはひ入りたつままに、土御門殿の有様、いはむかたなくをかし。池のわたりの梢ども、遣水《やりみず》のほとりのくさむら、おのがじし色づきわたりつつ、おほかたの空も艶《えん》なるに、もてはやされて、不断の御読経の声々、あはれまさりけり。やうやう涼しき風のけはひに、例の絶えせぬ水のおとなひ、夜もすがら聞きまがはさる。

御前にも、近うさぶらふ人々、はかなき物語するを、聞こしめしつつ、なやましうおはしますべかめるを、さりげなくもとかくさせたまへる御ありさまなどの、いとさらなることなれど、

【口語訳】

秋の気配に入っていくままに、土御門邸のようすは、言いようもなく風情がある。池のほとりの梢や、遣水のほとりの草むらなど、それぞれ色づきひろがりながら、空全体も優美に引き立って、絶え間ない読経の声々が、いっそうしみじみとするのだった。ようやく涼しくなってきた風のようすに、いつものように絶え間ない水の音が、一晩中、（読経の声と）入り混じる。

彰子の御前に、近くお仕えしている人々が、ちょっとした物語をするのをお聞きになりながら、（出産をひかえ）大儀でいらっしゃるだろうに、さりげなく普通にふるまっていらっしゃるご様子が、たいそう立派なことだが、

〈よしなしごと・・・〉

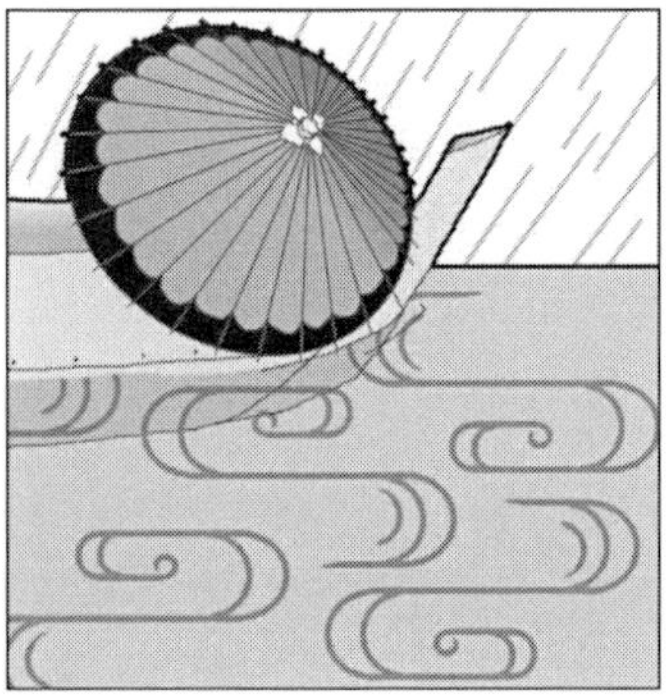

第十章　『紫式部日記』における祝意

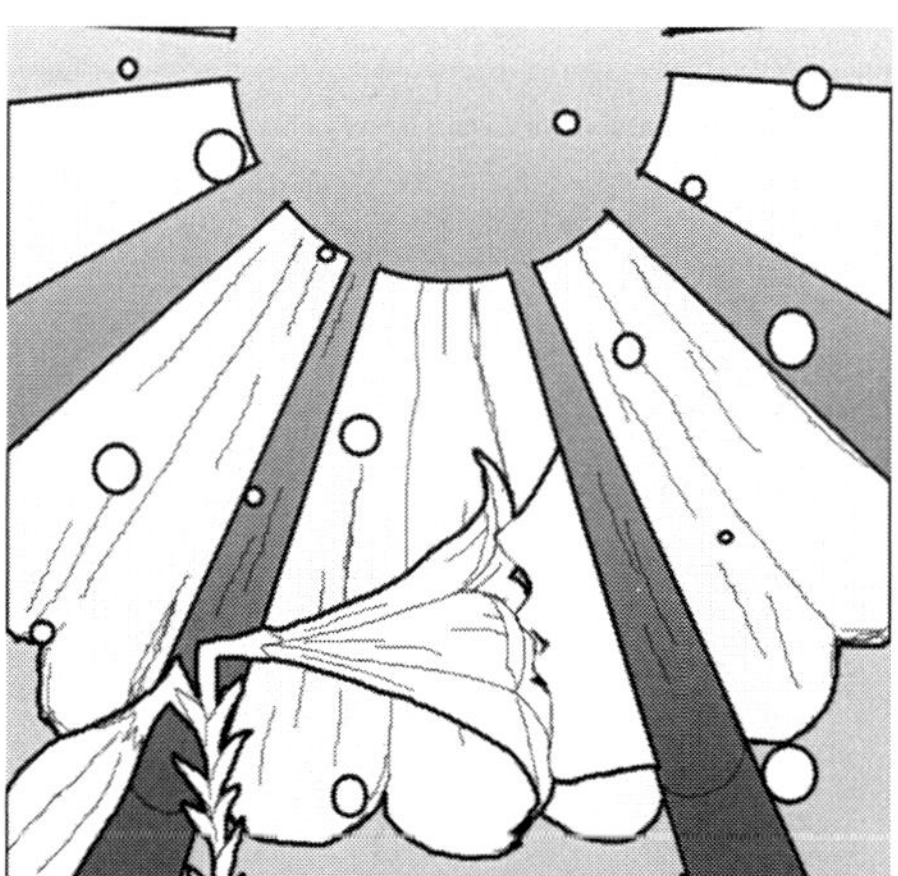

1．重陽《ちょうよう》の節句

この章では、彰子の出産前後に行われたさまざまな祝賀行事を中心に、日記に描かれた祝意に焦点をあてたい。

陰暦の年中行事に、五節句がある。奇数月の月数と日にちがぞろ目となって重なる日に神事を行い、さまざまな祈りをささげる。一月一日は人日《じんじつ》、三月三日は上巳《じょうし》、五月五日は端午《たんご》、七月七日は七夕《しちせき》、九月九日は重陽である。現代社会でもひな祭や子供の日、七夕など陰暦の行事にちなんだイベントを家庭でも行うが、重陽の節句だけはあまり継承されていない。

重陽の節句は、菊の花で邪気を払う日として知られている。陰陽道では、すべてのものを陰と陽に分けて考えるが、奇数は陽の数字で、偶数は陰の数字とされた。「九」は陽の中でもっとも大きい。それが二つ重なる九月九日は、めでたさが極まった日とされ、長寿を願ってさまざまなことが行われた。菊の季節でもあり、菊に薬効があることから、菊の酒を飲んだ。中国では、仙人が菊を好んだので、菊に降りた露を飲むと老いを忘れるとされた。その影響で、宮中では、菊の花にかぶせた綿の露で体をぬぐう着せ綿を行った。

前章で読んだように、彰子は重陽の翌日から出産態勢に入る。日記では、その前日である重陽の節句の日に、道長の正妻・倫子から着せ綿が届いたことが書かれる。

九日、菊の綿を、兵部のおもとの持《も》て来て、「これ、殿の上の、とりわきて。いとよう老のごひ捨てたまへと、のたまはせつる」とあれば、

　　菊の露わかゆばかりに袖ふれて花のあるじに千代はゆづらむ

とて、かへしたてまつらむとするほどに、「あなたに帰り渡らせたまひぬ」とあれば、ようなさにとどめつ。

【口語訳】

九日、菊の着せ綿を、兵部のおもとが持ってきて、「これを、殿の北の方が、特別に下さいました。よく老いをふき取って捨てなさいと、おっしゃっていました」というので、

菊の露に、少し若返るほどに袖をふれて、花のあるじに千年の命をお譲りしましょう

と詠んで、着せ綿をお返し申し上げようとしたが、「北の方はお部屋に戻りになってしまいました」と言うので、無益なことだとそのままにした。

倫子は彰子の出産が近いこともあり、安産への祈りをこめて菊の着せ綿（被《き》せ綿）を彰子のもとに自ら届けたのだろう。そのついでに、女房達にも着せ綿が配られた。紫式部のところへも、兵部のおもとなる女房に、着せ綿を届けさせた。紫式部には特別にと名指しで届けたとある。

菊の着せ綿は、九月八日の夜に、菊の花に真綿をかぶせておいて、その香と露を移して、九日の朝、その綿でからだをぬぐうと、老いがふき取られ、命が伸びるとされた風習である。もともと菊は中国から渡来したときは薬用だった。その後、中国の重陽の風習も日本に入ってきて宮廷行事となった。中国渡来の菊を宮中で大切に育て重陽の風習が貴族の間に広がった。『万葉集』には菊の花を詠んだ歌がない。

今でこそ菊は大変ポピュラーな植物であるが、菊の栽培が広く全国に広がるのは江戸時代に入ってからである。江戸時代初期にはさまざまな品種改良がおこなわれ、二五〇種類以上の菊が栽培されるようなった。菊の紋を天皇家の御紋章として厳しく使用を制限したのは明治以降である。

紫式部は、着せ綿に含まれた露を自分は少しでよいから、花の持ち主であるあなたが千年の寿命を延ばしてくださいと倫子に返そうとしたが、すでに倫子が自分の住まいの方に退出してしまったため、仕方がないとあきらめた。このことから、誰でも手軽に着せ綿を作れるわけではなく、菊の花が貴重なものだったことがわかる。そして、倫子が紫式部に強い信頼を寄せていたことも伝わるエピソードである。紫式部は倫子と遠い親戚関係にあった。また、はじめは倫子付きの女房だったという説もある。

また、着せ綿を倫子に戻そうと思ってそれができなかったということは、それに添えようとした紫式部の歌も倫子に届かなかったということになる。紫式部は倫子への思いをそっと日記の中に書き留めたということだろう。

2. 御子へのまなざし

皇子の誕生を祝いさまざまな儀式が行われる。ひとつひとつの儀式を紫式部がていねいに記述している。これら一連の記述は、天皇家の出産に関する記録資料としても貴重である。

最初は、出産直後に、天皇から守り刀が皇子に届けられ、竹刀で臍の緒が切られ、はじめて乳を飲ませる儀式が続く。これら一連の儀式を、御佩刀《みはかし》・御臍の緒・御乳付という。御佩刀の勅使は、頭の中将頼定だが、伊勢神宮への奉幣使と兼務しており伊勢神宮への出発の日と重なったため、産後の穢れのある部屋へは上がれないので、立ったまま庭で刀を献上し口上を述べる。そういう細かいことが丁寧に書かれていたり、頼定に禄が与えられたはずだが、「そのことは見ず（それは見ていない）」と書かれたりする。何を見て何を見ていないかを明記する態度は、正確さを優先させる記録者としてものといえよう。

次に御湯殿の儀が行われる。時刻、湯を運ぶ人の装束、お湯を御簾内に運び込む役人の名前、御水取役の女官二人の名前、湯を入れるための土器の数、お湯を整える女房の装束を具体的に説明する。産湯をつかわせる役が宰相の君、介添え役が大納言の君であること、二人の装束も説明し「をかしげなり（風情がある）」と評する。

道長が皇子を抱き上げる。守り刀を小少将の君が持つ。道長の息子たちが散米《うちまき》を大声でまき散らす。浄土寺の僧都も護身の修法をするために控えている。

博士・蔵人の弁広業《ひろなり》が、『史記』を読み上げる。魔除けの鳴弦をする官人が二〇名控え、五位と六位の役人が十人ずつ二列で控える。御湯殿の儀は朝晩行われ、一回目に『史記』、二回目に伊勢守致時《むねとき》が『孝経』の「天子章」の一節を読む。三回目は、文章《もんじょう》博士・大江挙周《あげちか》が『史記』の文帝の巻を読む。三人の博士がかわるがわる七日間、朝夕二回、沐浴のたびに『史記』と『孝経』を読むのである。生まれた直後から帝王学が始まっていることがわかる。

三日目には御産 養《おおんうぶやしない》がある。生誕を祝す宴が、誕生後三日目、五日目、七日目、九日目に行われる。祝膳が用意される。関わる人体の装束は白、お皿は白銀である。「おなじ白さなれど、しざま、人の心見えつつしつくしたり（同じ白ではあるが、しつらえに、人の思いがあらわれていて、こしらえ尽くしてある）」と書かれる。ここでも、紫式部の観察眼が冴える。紫式部は、衣装がみな同じ白だからこそかえってひとりひとりの工夫やこだわりがみえると、人々のようすを興味深く見比べている。

五日の産養は、道長主催のもので、ちょうど十五夜に相当した。月に照らし出される儀式のようすがことさら丁寧に記述される。そして、人々が皇子の誕生をわがことのように喜び、しかも、みんながみんな自分の手柄であるかのように誇らしげである。紫式部はそんな官人たちのようすをやや皮肉に描写する。とはいえ、彼女とて、このような盛儀に立ち合えたことを手放しで喜んでいる。道長主催ということもあって、とりわけ華やかなこの儀式を、「この世には、かうめでたきこと、またえ見たまはじ（この世では、こんなにめでたいことは、もう二度と見られないだろう）」と言って、宿直の僧に屏風をおし開けてのぞかせる。僧侶は「あなかしこ、あなかしこ（ああ、恐れおおい、ああ、恐れおおい）」と言って、手を擦り合わせて紫式部を拝んで喜んだとある。

七日目は、朝廷主催の産養である。蔵人の少将が勅使となって帝からの下賜品の数々を書いた目録を持参する。貴族の子弟の教育のための勧学院の学生《がくしょう》たちが、威儀を正して整然とやってくる。朝廷主催ということもあり、この日も儀式は「ことにまさりて、おどろおどろしくののしる（とくにすばらしく、おおげさに騒ぎ立てる）」ものだった。彰子から公卿たちに与えられた禄の数々も列挙される。同じような儀式であるが、紫式部は、注意深く細部に視線を注いで、そのつどそのつど雰囲気が異なることを説明する。

九日目は、頼通主催である。「儀式いとさまことにいまめかし（儀式はとてもようすが違っていて現代風である）」と書かれる。どう変わっているのか、「とりはなちては、まねびつくすべきにもあらぬこそわろけれ（とりたてて、再現して説明しつくすことができず残念である）」とあり、なおさら興味がひかれる。説明できないほどすばらしいということなのだろう。

誕生にかかわる祝賀がすべて終わる。一か月過ぎるまで彰子は産室を出ない。道長は、夜も昼も隣の部屋にいて、夜中でも明け方でもやってきては、赤ん坊の顔を覗き込む。手放しで喜んでいるようすを紫式部もほほえましく眺めている。


殿の、夜中にも暁にもまゐりたまひつつ、御乳母《めのと》のふところをひきさがさせたまふに、うちとけて寝たるときなどは、何心もなくおぼほれておどろくも、いといとほしく見ゆ。心もとなき御ほどを、わが心をやりてささげうつくしみたまふも、ことわりにめでたし。

ある時は、わりなきわざしかけたてまつりたまへるを、御紐ひきときて、御几帳《みきちょう》のうしろにあぶらせたまふ。「あはれ、この宮の御しとに濡るるは、うれしきわざかな。この濡れたる、あぶるこそ、思ふやうなる心地すれ」と、よろこばせたまふ。

【口語訳】

殿が、夜中にも明け方にもおいでになっては、御乳母のふところをお探しになって、乳母が安心して寝ているときなどは、とつぜんのことに寝ぼけまなこで目をさますのも、とても気の毒に見える。何もわからないごようすなのに、自分の思いどおりに抱き上げてかわいがっていらっしゃるのも、当然のことであり喜ばしいことだ。

ある時は、とんでもないことをなさってしまわれたが、直衣《のうし》の紐をほどいて、御几帳のうしろで火で乾かしていらっしゃる。「ああ、この宮のおしっこに濡れるとは、うれしいことだよ。この濡れたのを乾かすことこそ、願っていたことだという気がする」と、お喜びになる。

道長の喜びようがわかるエピソードである。

3．月夜の舟遊び

五日目と七日目の産養の間の日は、ちょうど十六夜《いざよい》の月の夜だった。十五夜の月も美しかったが、十六夜の月もまた美しく趣がある。十六夜は、それだけで月の異名である。満月の翌日の月を表す。月の出が、満月よりも三〇分ほど遅くなる。そのため、「ためらう」という意味の語「いざよふ」から命名されたともいわれる。また、月が山の端《は》で出るのを一瞬ためらうからという解釈も行われてきた。月を擬人的にとらえる名称である。

当時は、太陰暦で時刻を定めた。月の運行は人々の時間意識と強く結びついていた。一日は月の出とともに始まり、日の入りとともに終わる。公卿が宮中に出勤するのも夜だった。結婚式などのハレの儀式も夜に行われる。日記に綴られる産養の儀も、皇子誕生のあと奇数日ごとの夜に行われた。

さて、六日目は、産養の儀がなく、少し緊張がほぐれる。十六夜の月が美しく照り映える庭で人々は舟遊びを楽しむ。広大な屋敷の広々とした庭には舟を浮かべられるほどの大きく深い池があった。

現在の仙洞御所には北池と南池があり、池泉回遊式庭園がみごとである。蓬萊の島があり、八つ橋などが池にかかる。池を含む庭園は、小堀遠州作庭と伝わる。また、池に石橋がかかっているところがあるが、その周辺は、阿古瀬淵と呼ばれる。かつて、紀貫之の邸宅がこのあたりにあったと伝わる。仙洞御所は、後水尾院の御所として江戸時代初期に作られたものだが、泉水は古くからのものを継承しているだろう。土御門邸の池も、同じように北池のような大きなものだったのだろう。

祝賀ムードのなかで、若い人たちが興に乗って月夜の舟遊びをはじめる。満月から一日経っただけなので、十六夜の月も十分明るい。明るい月光に照らし出された池に舟が浮かべられる。とても風雅であることは想像に難くない。

またの夜、月いとおもしろく、ころさへをかしきに、若き人は舟にのりて遊ぶ。色々なるをりよりも、おなじさまにさうざきたる、様態、髪のほど、くもりなくみゆ。小大輔《こだいふ》、源《げん》式部、宮木の侍従、五節《ごせち》の弁、右近、小兵衛、小衛門、馬、やすらひ、伊勢人など、はし近くゐたるを、左の宰相の中将、殿の中将の君、いざなひ出でたまひて、右の宰相の中将兼隆に棹ささせて、舟にのせたまふ。かたへはすべりとどまりて、さすがにうらやましくやあらむ、見出だしつつゐたり。いと白き庭に、月の光りあひたる、様態、かたちも、をかしきやうなる。

【口語訳】

次の日の夜、月がたいそう趣深く、時節も風情があるので、若い人たちが舟に乗って遊ぶ。色々な衣装を着ているときよりも、同じように白い装束を着て、姿や髪のようすが、くもりなく見える。小大輔、源式部、宮木の侍従、五節の弁、右近、小兵衛、小衛門、馬、やすらひ、伊勢人など、縁先近くに座っていた人たちを、左の宰相の中将と殿の中将の君が、誘い出されて、右の宰相の中将兼隆に棹をささせて、舟にお乗せになる。一部の人たちは残ったが、やはりうらやましいのであろうか、乗り出して見ながら座っている。たいそう白い庭に、月の光が反射して、人々の姿や顔かたちも情緒があるようすだ。

はしゃいで舟に乗る人、乗ろうとしてやっぱりやめたと遠慮する人、うらやましいと思いながら眺めるだけの人、月夜の舟遊びへのかかわり方がさまざまである。ひとりひとり女房たちの名前を列挙している。よほど興味深く眺めていたからだろう。紫式部の観察力と記憶力が最大限に発揮されている。

そこへ内裏から表敬訪問の女房たちがやってくる。ここでもひとりひとりの名前を列挙するが、「くはしく見知らぬ人々なれば、ひがごともはべらむかし（詳しくは見知らぬ人たちなので、まちがっているかもしれない）」と付記する。正確を期する記述を心掛けていることがわかる。

宮中からの訪問客があって、舟に乗っている人たちが慌てて降りるというのも笑いを誘う情景である。道長が出てきて、やはり高揚したようすである。なんのくったくもなく、宮中からの客人を歓待し、冗談を言い交し、さまざまな贈り物をあげたと書かれる。道長の上機嫌なようすがありありと伝わる筆致である。

重陽の節句の直後にお産が始まり、無事に生まれたあとの盛儀が仲秋の名月とともに行われる。ひとりの赤ん坊の誕生が、こんなにも人々を明るく照らしだしている。紫式部はそれを月光の描写と並行して綴ることで、めでたさを強調する。長い年月待ち望んだ男児は、藤原一族の今後をいっそう輝かしいものにする赤ん坊でもある。

道長が残した『御堂関白記』からは、道長という人物の繊細さを読み取ることができる。さまざまなことに気を配り、ときに眠れなかったり物の怪に襲われたりもしたようだ。現在の病理学的見地から、物の怪というよりも、喘息の発作に苦しめられていたのではないかともいわれる。いずれにしても権力の座に座り続けることには、精神的なプレッシャーも伴うであろうし、いつその座を奪われるかという不安や恐怖にさいなまれることもあるだろう。彰子がなかなか一条帝の子を産めなかったことも悩みの種だっただろう。

かつて、道長の兄・道隆が、一条帝に娘・定子《ていし》を入内させていた。定子には清少納言が仕えていた。道隆の妹で一条帝の母・詮子《せんし》も、いろいろと思惑のある人だった。藤原氏の権勢は道隆に集中していたが、長徳元年（九九五）に道隆が急死したことから風向きが変わってくる。定子の兄・藤原伊周《これちか》と道長は折り合いが悪く、関白の座をめぐって争ったが、結局、長徳元年、道長が関白になる。呪詛騒動や殺傷事件なども起こりさまざまな権謀術数が渦巻く日々の果ての道長の栄華だった。

これまでのいきさつを考えると、皇子誕生に対する道長の喜びが、どれほど大きなものだったかがわかるだろう。

＊参考
現在の仙洞御所。北池、南池八橋と紀貫之邸があったと伝えられる阿古瀬淵。

4．管弦の遊び描写を書いて読む

一条帝が土御門邸に行幸し、管弦の遊びが催される。行幸にそなえて竜頭鷁首《りゅうとうげきしゅ》、つまり、船首に竜と鷁の彫り物をしつらえた二隻の船、が新造された。鷁は、「想像上の水鳥の名。白色で、形は鵜《う》に似ていて、大空を飛び回り、また、巧みに水にもぐるという。一説には、風鳥ともいう」（『日本国語大辞典』第二版）、竜と同じく、帝を象徴する鳥である。その船に楽人が乗り込み、楽を奏でながら池をめぐる。奏でられている音楽を想像しながら、書写してみよう。

暮れゆくままに、楽どもいとおもしろし。上達部《かんだちめ》、御前にさぶらひたまふ。万歳楽《まんざいらく》、太平楽《たいへいらく》、賀殿《かてん》などいふ舞ども、長慶子《ちやうぎし》を退出《まかで》音声《おんじやう》に遊びて、山のさきの道をまよふほど、遠くなりゆくままに、笛のねも、鼓のおとも、松風も、木深く吹きあはせていとおもしろし。いとよくはらはれたる遣水の、心地ゆきたるけしきして、池の水波たちさわぎ、そぞろ寒きに、主上《うへ》の御衵《おほんあこめ》ただ二つたてまつりたり。左京の命婦おのが寒かめるままに、いとほしがりきこえさするを、人々は忍びて笑ふ。

【口語訳】

日が暮れるにつれて、奏楽などがとても趣深い。公卿たちは、主上の御前に伺候なさる。万歳楽、太平楽、賀殿などという舞曲を演奏し、長慶子を退出音声に演奏し、楽の船が築山の先をまわっていきながら、遠ざかっていくにつれて、笛の音も、鼓の音も、松風も、深い木立の中に溶け合ってとても情趣がある。

木の葉などがとてもきちんと払われた遣水が、心地よげに流れているようすで、池の波がたちさわぎ、少し寒いのに、帝は袷《あわせ》のお衣装を二枚お召しになっていらっしゃった。左京の命婦が、自分が寒いということで、帝にご同情申し上げているのを、人々はこっそり笑っている。

第十一章　『紫式部日記』における批判精神

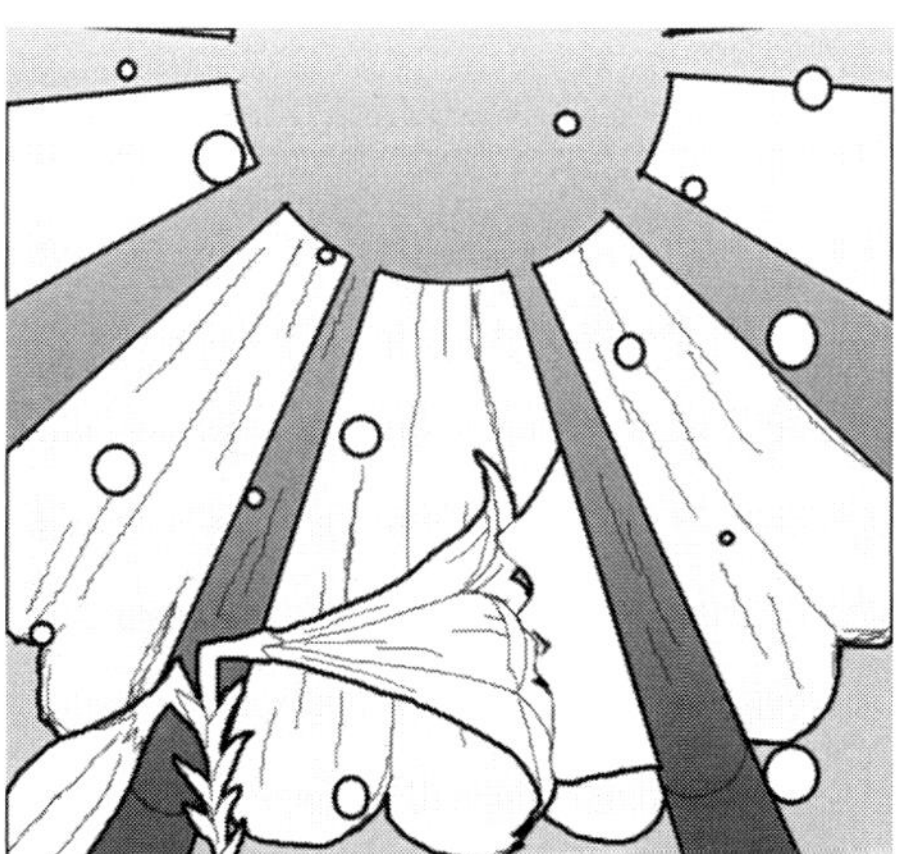

1. 紫式部の観察力

これまで、紫式部がすぐれた観察眼で、土御門邸での彰子の出産前後のさまざまなできごと、人物、行事などを描写していることを確認してきた。見たことは見たとおりに正確に、見ていないことは見ていないと書く。自信がないときは、不正確かもしれない、と断る。

本章では、その延長線上として、自分と同じ宮仕え女房たちに向けられたまなざしを確認したい。自分の上司である彰子や道長に対しては、しっかりと細かく観察しながらも、基本的には憧憬のまなざしが注がれていた。

前章の最後で、一条帝が土御門邸に行幸した際の管弦の遊びの場面を書写した。もう少し詳しくその場面を読んでみよう。船の上で管弦の楽が演奏されるなか帝が御輿《みこし》に乗ってやってくる。紫式部は、御輿のようすや、帝の姿を描写するよりも前に、御輿の担ぎ手について次のように書く。

御輿むかへたてまつる船楽、いとおもしろし。寄するを見れば、駕輿丁《かよちやう》の、さる身のほどながら、階よりのぼりて、いと苦しげにうつぶしふせる、なにのことごとなる、高きまじらひも、身のほどかぎりあるに、いとやすげなしかしとみる。

【口語訳】

御輿をお迎え申し上げる船楽は、とても情趣がある。御輿を寄せるのを見ると、御輿をかつぐ人たちが、そういう立場であるとはいえ、階段を上って、とても苦しそうにはいつくばっているのは、どうしてひとごとと思えるだろうか、高貴な人との交わりも、自分の立場には限りがあると思うと、とてもおだやかな気分ではなく、そのようすをみている。

紫式部は、帝が乗った御輿が到着したときに、御輿のかつぎ手にまず真っ先に視線を注ぐ。帝は御輿に乗ったまま室内に上がる。そのため、かつぎ手たちは重い御輿をかついだまま、段差を上らなければならない。あまりの重さに高く持ち上げられず、腰をかがめて這うようにして御輿を室内に運び込む。それが仕事であり役割なのだから仕方がないとはいえ、苦し気なかつぎ手のようすを見て、身分の違いということに思いをいたしている。

ここでは「身」という語が二回使われている。これまで何度か出てきた近接同語である。最初の「身」は、かつぎ手の身分・役割を意味する。次の「身」は、紫式部自身が、宮中でさまざまな人たちと交わるなかで自分の立場をどう考えるか、という意味での「身」である。

市川浩は、日本語の「身」ということばは、単に肉体的なからだを指す語ではなく、精神的、社会的なニュアンスを含んだ重層的な意味の語であるという。そして、日本人は精神と肉体を対立的なものとしてとらえるのではなく、入子型に同一化した「身」としてとらえると説く（市川浩『身の構造—身体論を越えて』新装版、青土社、一九九七年六月）。そして、身は次のようなことがらを意味する複合的な語であるとする。

1・実……「実」と同語源としての〈身〉
2・肉……生命のあるなしにかかわらず動物一般の肉
3・生きたからだ……精神的自己を含んだ自己の全体
4・身のありさま……からだのあり方や姿、はたらく有様など、多様な「身ざま」
5・身につけるもの……着物や見につけているものをあらわす。
6・生命存在・社会的生活存在……生命《いのち》を持った存在。生活する存在
7・自分……「自分」と置き換えられる〈身〉
8・社会的自己……社会的ひろがりをもった関係的存在
9・社会的位置……他者との関係できまってくる私の立場、社会的地位
10・全体存在・こころ……人間の全体存在を包含した概念

ここで、紫式部は、御輿のかつぎ手のからだやはたらく「身」が苦しげであることを観察し、その社会的位置としての「身」を考える。し

かたのないことだと認めつつ、自分の「身」に置き換えて、ひとごとではないと書く。そして、宮中での関係的存在としてのわが「身」を振り返り、かつぎ手の「身」と自分の「身」、さらには自分より高位な人々の「身」を、人間存在全体としてとらえ、「やすげなしかし（やすらかではいられない）」と沈潜する。

皇子が生まれ、土御門邸に帝が行幸するという最高の盛儀のさ中に、影の部分に注目し、瞬時に深い人生論的な省察をする。

このような光に対する影に注目する観察眼は、日記のいたるところにみられる。また、『源氏物語』においても、紅葉の賀や花の宴の盛儀の光と、その光が照らし出す光源氏や藤壺の内面の影が対比的に描かれていた。

紫式部の複眼的観察力を示すものとして、もう一か所、日記の童女御覧《わらわごらん》の儀の場面をみてみよう。

童女御覧は、十一月の卯の日に、五節《ごせち》の舞姫に付き添う女童たちが、清涼殿で帝に拝謁する儀式である。五節の舞は、新嘗祭《しんじょうさい》（新穀を天皇が天地神祇に供え、みずからもそれを食する儀式）に行われる五人の少女による舞だが、その舞姫にさらに女童が介添え役としてつく。

五節の舞の日、紫式部は気分がすぐれず、しばらく休んで具合がよくなったら見に行ってもよいかな、という気持ちで局で休んでいた。そこへ、道長が現れて「休んでないでいっしょに見に行こう」というので、仕方なく出かけていく。緊張のあまり舞姫たちも気分が悪そうで、一人は退出してしまった。若い殿上人たちが舞姫のようすをあれこれ論評しているのも聞き苦しいと思っている。

そして、女童御覧においても、幼い少女たちのようすを「あいなく胸つぶれて、いとほしく（どうしようもないほど胸が痛くなって、かわいそうに）」見ている。

衆目にさらされる少女たちに深く同情している。「ただかくくもりなき昼中に、扇もはかばかしくも持たせず（このように曇ってもいない昼間、扇も満足に持たせずに）」露骨に顔を見せることを強要された少女たちは、どんなにか気おくれがしてつらいだろうと同情する。何もしてあげられず、しかも、少女たちの顔を殿上人に交じって見ることになってしまった自分を責めている。

そして、目の前の華やかな盛儀が味気ないものに見えると暗い気持ちになっている。ものごとの表面だけを捉えるのではなく、そこに隠されたさまざまな心理を思い、身分社会の構造的な問題点にまで洞察を及ぼしているのである。

2．同僚への思い・態度

日記には多くの同僚の女房が登場する。なかでも紫式部がもっとも親しくしていた女房が、小少将の君である。小少将の君と和歌のやり取りをしている場面を読んでみよう。

小少将の君の、文おこせたる返りごと書くに、時雨のさとかきくらせば、使ひもいそぐ。「また、空のけしきも、うちさわぎてなむ」とて、腰折れたることや書きまぜたりけむ。暗うなりにたるに、たち帰り、いたうかすめたる濃染紙《こぜんし》に、

雲間なくながむる空もかきくらしいかにしのぶる時雨なるらむ

書きつらむこともおぼえず、

ことわりの時雨の空は雲間あれどながむる袖ぞかわくもなき

【口語訳】

小少将の君が、手紙をよこしたその返事を書いていると、時雨がさっと暗くなった空から降ってきたので、使いの者も急いでくれと言う。「また、空のようすも、ちょっとさわがしくて」と書いて、へたくそな和歌を書きこんでしまったことだ。暗くなってきたころ、折り返し、たいそう霞がかったような紫の雲形を染めた紙に、

雲の切れ間がないように間断なく物思いにふけって眺めている空も暗くなって、どれほどあなたを恋忍んで時雨が降るように涙を流していることでしょう。

さっき書いたことも思い出せなくて、

当然降る時雨の空には雲間がありますが、物思いにふけってあなたを思うわたしの袖は涙に濡れて乾くひまがありません。

時雨を、相手を恋しがって泣く涙になぞらえるやり取りがほほえましい。しかも、最初に小少将の君から手紙がきて、その返事を紫式部が書いたのに対して、再び小少将の君から手紙が届き、さらに、紫式部が返事を書いている。夕方から夜にかけての短い時間の間に二往復も手

紙のやり取りをしている。特に急用があったり、頼みごとがあったりという実務的な手紙ではない。ただ、相手を思っているということだけを伝える手紙を短時間の間に二往復もさせている。

紫式部にとって、小少将の君は、他愛のないやり取りを気軽にできる相手だったのだろう。雨が降ってきてせかされるままに、拙い和歌を添えて返事を出してしまった、といい、次に返事を書くときに、さっき慌てて何を書いたか忘れてしまった、という。気取ったり遠慮したりすることなく、ストレートに思いを伝え合える仲だということがよくわかる場面だ。

日記は、この記述に続いて、土御門邸に帝が行幸する日のことを綴っていく。午前中早い時間に行幸があるというので、夜明けから女房たちが化粧をしたり身だしなみを整えたりしていると、小少将の君が実家から戻ってきた。そしていっしょに髪をとかしながら準備をしている。どうせ行幸は遅れるだろう、とか、用意した扇が平凡だから取り換えようなどと、ふたりで他愛もないおしゃべりをしながら準備をしているようすが語られる。すると帝が到着したことを知らせる鼓の音が聞こえてきて、あわてて二人で午前に参上する。そのようすを「あしき（みっともない）」と書きながらも、二人そろって遅れてかけつけていることを楽しんでいるかのような筆致である。

そして、小少将の君について次のように評するくだりがある。

小少将の君は、そこはかとなくあてになまめかしう、二月ばかりのしだり柳のさましたり。様態いとうつくしげに、もてなし心にくく、心ばへなども、わが心とは思ひとるかたもなきやうにものづつみをし、いと世を恥ぢらひ、あまり見ぐるしきさまで児めいたまへり。腹ぎたなき人、悪しざまにもてなしいひつくる人あらば、やがてそれに思ひ入りて、身をも失ひつべく、あえかにわりなきところついたまへるぞ、あまりうしろめたげなる。

【口語訳】

小少将の君は、そこはかとなく上品で優美で、二月ごろのしだれ柳のような風情だ。容姿はとてもかわいらしげで、身のこなしは魅力的で、性格も、自分では決めつけることもないように控えめで、とても世間を恥ずかしがり、あまりにも、見苦しいまでに幼いところがおありになる。腹黒い人で、あしざまに対応したり、でたらめを言う人がいると、すぐにそれを気にして、消えてしまいそうなくらい、弱弱しくどうしようもないことになってしまうところが、あまりにも気がかりだ。

小少将の君の、魅力的な外見と気が弱い内面を評する。大切な友と思うがゆえに、ひどく心配しているのである。

小少将の君の風情を「二月の柳」に例えている。春の新芽がぽつぽつと出始めた芽張り柳は、調度品の意匠や、衣装の柄に好まれる風雅なものである。石川啄木は、「やはらかに柳あをめる北上の岸辺目に見ゆ泣けと如くに」と歌ったが、若草色の糸のような柳の枝が、幾重にも重なりあって風にそよぐ風情は、本当に美しい。「二月の柳」の比喩は、小少将の君の、たおやかな美しさと優しさや奥ゆかしさといった心身の特徴を言い得たものだ。友人への理解と愛情に満ちた表現だと思う。

3.『源氏物語』の作者として

『紫式部日記』が書かれた当時、すでに『源氏物語』の主要部分は書き終えていることはすでに述べた。日記の中には、宮中の人々が紫式部を『源氏物語』の作者として認識していることがわかるエピソードも書かれる。

皇子誕生の五十日《いか》の祝いは、一二月一日に行われた。新生児の死亡率が高かった当時、一つの節目として赤ん坊の成長を祝い、さらなる健康を祈る大事な儀式である。

『源氏物語』「柏木」の巻では、女三宮から生まれた薫が自分の子ではないと知っている光源氏が、五十日の祝いの席で、薫を抱きながら、自分が犯した藤壺との不義の報いを思って苦悩する場面がある。もし、このころまでに「若菜」上下、「柏木」の巻を書き継いでいたとしたら、紫式部は、この儀式を見聞しながら、自分の書いた物語との違いを思ったことだろう。そして、仮に、このころまだ「柏木」の巻を書き終えていなかったとしたら、ひょっとするとこの盛儀を参考にしながら、薫の五十日の祝いの場面を書いたかもしれない。

さて、宴もたけなわで、公卿たちが酔って興にのっているようすが楽しそうに描写される。すると左衛門の督《かみ》が、「このわたりに、わかむらさきやさぶらふ（このあたりに若紫はいらっしゃいますか）」と、紫式部の前の几帳からのぞく。「源氏に似るべき人も見えたまはぬに、かの上は、まいていかでものしたまはむ(光源氏に似ているような人もいないのに、ましてやどうしてわたしが若紫などということがあろうか)」と、返事もせずに聞いていた、とある。『源氏物語』が若い公卿にも読まれていて、紫式部がその作者として認識されていることがわかる。

この左衛門の督は、藤原公任《きんとう》ではないかとされる。公任は、道長と同年で父は関白だったが、政権の中心が道兼から道長に移っていく中で、浮かばれず、位階も進まなかった。このころは道長に接近してその威光に頼ろうとする多くの官人たちのひとりだった。光源氏のような人はこの宮中には全然いない、という紫式部の筆致には、そういう官人たちへの軽蔑の念が表れている。

また、左衛門《さいも》の内侍という人が、紫式部の悪口をあちこちで言っていると書かれたあとに、一条天皇が『源氏物語』をお付きの人に詠ませていたときのエピソードが書かれる。帝が「この人は日本紀《にほんぎ》をこそ読みたるべけれ。まことに才《ざえ》あるべし（この人は日本書紀を読んでいるんですね。ほんとうに、才能があるんでしょうね）」とおっしゃる。これは『源氏物語』の「蛍」の巻のことだろう。光源氏が玉鬘に物語について語って聞かせる場面で、「日本紀などはただかたそばぞかし（日本書紀のような歴史書は不十分である）」と言い、物語にこそ真実が書かれていると力説する。そのくだりを聞いて、紫式部の才能をほめたのだろう。すると、左衛門の内侍が、「殿上人などにいひ散らして、日本紀の御局とぞつけたりける（殿上人たちに言いふらして、日本紀の局とあだなをつけた）」と言う。紫式部は、「いとをかしくはべる（とても笑える話だ）」と、あきれている。紫式部への嫉妬心をむき出しにして悪口を言ったり、「日本紀の局」というあだ名をつけて吹聴したりしている左衛門の内侍を軽蔑して相手にしない。

さらに、彰子の前に置かれていた『源氏物語』を道長が見て、その場に居合わせた紫式部に「すきものと名にし立てれば見る人の折らで過ぐるはあらじとぞ思ふ（好色な人として評判になっているので、見る人がそのまま手折らないで過ぎていくということはないだろうと思うよ）」と詠みかける場面もある。『源氏物語』を書いたことで、紫式部を色好みの女と勘違いする人が多かったことを物語る。誰もが紫式部の前を素通りせず、あなたは、たくさんの男性たちと関係をもったのだろう、と道長がからかっているのである。そこで、紫式部は、「人にまだ折られぬものをたれかこのすきものぞとは口ならしけむ（誰にも手折られたことはないのに、いったいだれがわたしを好色者、酸っぱいものと、口を鳴らして吹聴したのでしょう）」と応じる。「すき」に酸っぱいの意と、色好みの意を掛けてまぜっかえしている。

そのあとに、道長が夜紫式部の部屋の戸を叩いたけれど、おそろしくて返事もせずに夜を明かしたできごとが書かれる。朝になって道長から、「夜もすがら水鶏《くいな》よりけになくなくぞまきの戸ぐちにたたきわびつる（一晩中水鶏が異様にはげしく鳴くように、槙の戸口で戸をたたきながらうらめしく思ったことだ）」という和歌が届く。紫式部は、「ただならじとばかりにたたく水鶏ゆゑあけてはいかにくやしからまし（ただごとではないとばかりに戸をたたく水鶏なので、開けてしまったらどんなにか取り返しがつかなくなってしまったことでしょう）」と返歌した。この前後に詳細な記述がないため、いろいろと議論されている文脈である。本当は、紫式部は戸を開けて道長を迎え入れたと考える人もいる。そうではなく、ここに書かれているとおり紫式部は戸を開けなかったという人もいる。どちらが真実かはわからない。どんな思いでこのエピソードを書き残したのか、それを考え続けることしかできない。

このように『源氏物語』を書いたがゆえに宮中でいろいろなことを言われた経験があった紫式部であるが、日記の中には、『源氏物語』の作成に関する記事とされるくだりもある。「御冊子《みさうし》つくり」の場面である。

出産を終え、宮中へ戻る中宮のために、女房たちが物語の冊子を作っている。紫式部が、いろいろの紙を選んで、その紙に物語を書き写す依頼をあちこちに出している。また、物語が書かれた紙を綴じる作業もしている。

彰子は、上質の薄様《うすよう》の料紙や、筆、墨など、本づくりに必要なものを持ってきてくださる。硯まで持ってきてくださったので、ほかの女房たちが、恐れ多いことだとさわぐ。道長も、中宮があれこれ紫式部のところへ持っていくので、子持ちの母親がそんなことをするなんて、と言いながらも、立派な墨や筆をくれたとある。

また、自室に、実家から持ち込んで隠しておいた「物語の本ども」を、道長が探し出して道長の次女にあげてしまったとも書かれる。「よろしう書きかへたりしは、みなひきうしなひて、心もとなき名をぞとりはべりけむかし（悪くない程度に書き換えたものは、全部なくなってしまって、気がかりな評判だけがたってしまったことだ）」と、作家としての不満を述べている。紫式部は実家に戻っては物語を書き継いだり、修正したりしており、それを冊子にして彰子に読ませていたことがわかる。道長は、そのことを知っていて、紫式部の部屋に行っては、まだ読んでない物語があると勝手にそれを持ち出して読んだり、娘たちにあげたりしていたのだ。著作権ということばも意識もまったくない時代のできごとである。

とはいえ、このエピソードは、物語作家としての紫式部が、清書を誰かに依頼したり、製本したり、書いたものを直したり、今でいう本の編集や印刷の仕事をしていたことを伝えるものとして興味深い。また、それを彰子や道長がバックアップしていたこともわかる。

4．中宮彰子の性格描写を書いて読む

『紫式部日記』にはさまざまな人物への批評が書かれるが、紫式部は自分の主人である彰子に対しても良いところと悪いところの両方を正直に書き留めている。書き写して読みながら、彰子をこよなく敬愛している紫式部のことばを味わってみよう。

　宮の御心あかぬところなく、らうらうしく心にくくおはしますものを、あまりものづつみせさせたまへる御心に、何ともいひ出でじ、いひ出でたらむも、うしろやすく恥なき人は、よにかたいものとおぼしならひたり。げに、もののをりなど、なかなかなることしいでたる、おくれたるには劣りたるわざなりかし。ことにふかき用意なき人の、所につけてわれは顔なるが、なまひがひがしきことども、もののをりにいひいだしたりけるを、まだいとをさなきほどにおはしまして、世にならうかたはなりと聞こしめしおぼほし。

【口語訳】

　中宮様の御心は不十分なところがなく、万事につけてゆきとどいたさまでいらっしゃるが、あまりにもひかえめでいらっしゃるお心に、何も主張しないでおこう、主張したとしても、気が楽で気づかいしなくてよい人は、まったくいないだろうと思い込んでいらっしゃる。実際、何かの折などに、中途半端なことをしでかすことは、ふつうよりずっと劣る。とくに深く気をつけない人で、宮中でわがもの顔の人が、なまじっか筋が通らないことなどを何かの折に言い出したのを、幼いころにお聞きになり、めったにないほど見苦しいと、そう思っていらっしゃる。

〈よしなしごと・・・〉

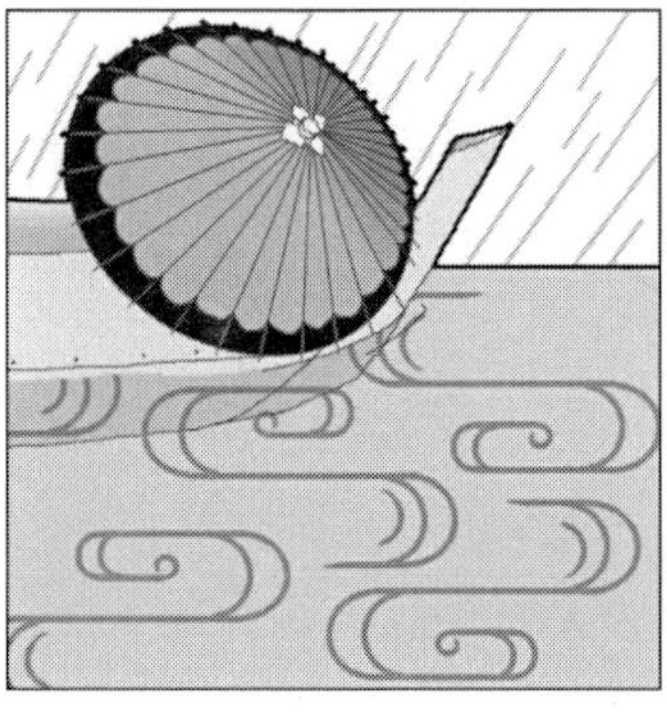

第十二章　『紫式部日記』における自己省察

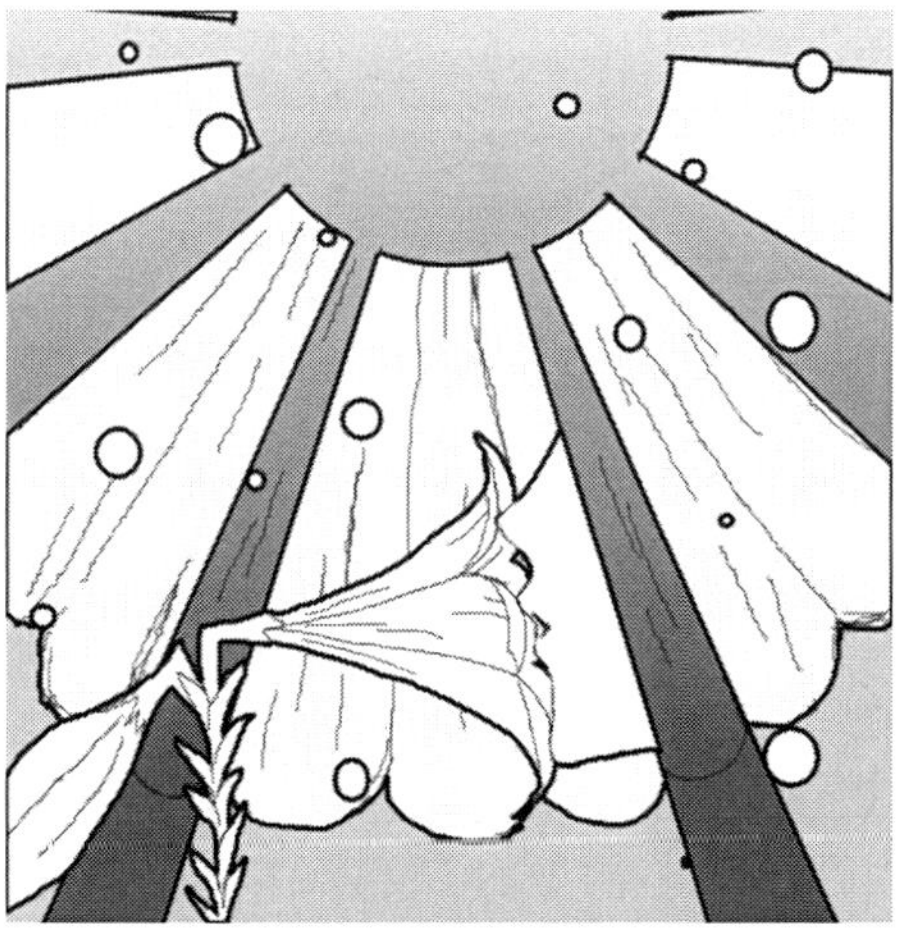

1．里居の憂愁

第九章1で、ほかの日記文学の起筆部分と『紫式部日記』の起筆部分を比較し、この日記は客観的な観察から書き始められることを確認した。ほかの日記文学は、自分の経験を時系列に添って物語風に書き進めている。それに対して、これまで見てきたように、『紫式部日記』は、彰子をめぐるさまざまな儀式の観察記録や、人物批評など、外の世界のできごとや人物を題材として冷静に書き留めている。ところが、自分自身の内面を見つめる記事もところどころにさしはさまれる。他の日記文学よりも自照性が高いのである。本章ではその点について確認してみたい。

若宮がすくすくと育ち片言の声を発するようになった頃のことだ。いよいよ彰子が宮中に戻る日が近づいている。冬の渡り鳥が庭の池に集まってきているのを見ながら、紫式部は、彰子が宮中に戻る前に雪が降ればいいのにと願っている。彰子のそばに仕えて土御門邸にいる間に、雪が積もった庭の風情を見てみたいというのである。日記の冒頭で初秋の庭のしみじみと美しい景色が描写されていた。彰子の里下がりのおかげで見ることのできた立派な庭に、雪が積もったらそれはそれは美しい景色となるだろうと想像している。

ところが雪が降らないまま紫式部が里下がりをして二日ぐらいたったときに雪が降った。実家での紫式部の心中は次のように綴られる。

見どころもなき古里の木立を見るにも、ものむつかしう思ひみだれて、年ごろつれづれにながめ明かし暮らしつつ、花、鳥の、色をも音《ね》をも、春、秋に、行きかふ空のけしき、月の影、霜、雪を見て、そのとき来にけりとばかり思ひわきつつ、いかにやいかにとばかり、行末の心ぼそさはやるかたなきものから、はかなき物語などにつけて、うち語らふ人、おなじ心なるは、あはれに書きかはし、すこしけ遠きたよりどもをたづねてもいひけるを、ただこれをさまざまにあへしらひ、そぞろごとにつれづれをばなぐさめつつ、世にあるべき人かずとは思はずながら、さしあたりて、恥づかし、いみじと思ひしるかたばかりのがれたがりしを、さも残ることなく思ひ知る身の憂さかな。

【口語訳】

見どころのない古里の木立を見るにつけても、なんとなく気が晴れず思ひ乱れて、長年所在ないままにもの思いにふけって明け暮れ眺めながら、花、鳥の、色も声も、春、秋に、変わる空のようす、月の光、霜、雪を見て、その季節になったのだなとだけ気が付くだけの日々を送り、どうしたものかどうなるのだろう、とだけ思って、行末の不安はどうしようもなかったものの、ちょっとした物語などについて少し語り合う人で、心が通じる人とは、しみじみと手紙をやり取りし、すこし遠いつてを頼って文通したが、ひたすらこのような物語をいろいろと論評し、とりとめもないことに所在なさを慰めながら、自分は生きている意味のある人に数えられるとは思わないものの、さしあたって、恥ずかしくつらいと思い知らされることだけはまぬがれてきたが、本当に残ることなく我が身の憂さが思い知られることだ。

ここには、時に辛辣に外界を批評する切れ味の良さはない。夫を失って、その悲しみに浸って庭を眺めながらただ季節の移ろいを確かめるだけの日々を送っていたころを思い出している。文が切れることなく、ずるずるとつながっている。紫式部が、もんもんと考えを堂々巡りさせていることがわかる。かつては、そのように無為な時間を過ごす中で、心の支えとなったのが物語を読むことであったという。物語についてあれこれと論じあえる気心の知れた友と文通することが慰めになったと書く。もしかすると、みずから物語を書くこともまた紫式部の空虚さを埋めるものだったかもしれない。しかし、そんなことを思い出してみても、実家の庭の木々を見るうつうつとした気分はちっとも晴れない。

そこで試しに物語を取り出して読んでみるのだが、以前と違って、感興を覚えることがない。しかも、当時、物語についていろいろと語り合った友も、自分が宮仕えに出てしまったことを、あさはかなことだと軽蔑しているだろうというのである。また、宮仕えに出ていて留守がちにしているので、尋ねてきてくれる人もいない、と悲観的、否定的なことばを書き連ねる。

そんな今の自分には、宮中で少しことばを交わし合うだけの人でさえ、懐かしく思われると、実家での孤独に思いは沈みこむ。

宮中からは、雪を見て、彰子が、紫式部が里下がりをしてしまったので、いっしょに雪の庭を見たかったと残念がっているという便りが届く。倫子も、いつまでも実家にいることをなじるような手紙をよこす。紫式部は、冗談にもせよありがたいことだと、急いで宮中にもどっていく。

雪を眺めることが風雅なこととして好まれていたことがわかるエピソードでもある。

紫式部がこのように虚無的な内面を日記の中で吐露するのはここがはじめてである。対象と距離を保ちながら、冷静にさまざまなできごとを観察し、批評する紫式部の態度は、このような無常感によるものだったのかと思わされる。紫式部は、周囲の人間が巻き起こすくだらないできごとに感情的に反応したり、思慮の浅いひとの心ない発言にむだに気持ちをざわつかせたりすることをしない。いつも理性的にものごとを分析し、的確に批評する。

夫の死を経験し、絶望のどん底から物語を支えになんとか這い上がってきた紫式部にとって、輝かしい彰子や道長の存在は、物語のような世界が実際にあることを教えてくれるものでもあった。しかし、それは、やはり、自分とは遠い世界のことだということを、実家の古い木々を見ては自覚する。そんな心の沈潜を押し隠して、紫式部は、彰子のもとへ帰っていく。

2．他者批判からの自己批判

前章では、紫式部が一番親しくしている小少将の君についてどう書いているかを確認した。日記後半には、長い人物批判の記述がある。その部分は手紙文の形式で綴られている。なぜ、手紙文が日記の途中にさしはさまれているかはわかっていない。

小少将の君については称賛の弁が綴られていた。逆に、紫式部が痛烈に批判した人物としてよく知られるのが清少納言である。

清少納言は一条帝の中宮・定子に仕えていた。そのときのようすは清少納言の随筆『枕草子』に詳しく書かれている。しかし、長保二年（一〇〇〇）に定子が亡くなってしまってからの彼女について書かれた文献は少ない。『紫式部日記』の清少納言に関する記述は貴重な時代の証言という側面もある。

清少納言こそ、したり顔にいみじうはべりける人。さばかりさかしだち、真名書きちらしてはべるほども、よく見れば、まだいとたらぬこと多かり。かう、人にことならむと思ひこのめる人は、かならず見劣りし、行末うたてのみはべれば、艶になりぬる人は、いとすずろなるをりも、もののあはれにすすみ、をかしきことも見すぐさぬほどに、おのづからさるまじくあだなるさまにもなるにはべるべし。そのあだになりぬる人のはて、いかでかはよくはべらむ。

【口語訳】

清少納言こそ、得意顔をしてめだつ人でした。あれほど利口ぶって、漢文を書き散らしているのも、よく見ると、まだすごく足りないところが多いのです。このように、人とは違うふうにしようと思いたい人は、かならず見劣りして、将来いやなことばかりになっていくでしょうから、風流ぶっていた人は、ものすごくわびしくなったとしても、風雅のまことに浸り、風情のあることを見過ごしにしないでいるうちに、自然とよくない害のあるようすにもなっていくでしょう。そんなふうに害があるようになってしまった人の将来は、どうしてよいことがあるでしょうか。

非常に辛辣で手厳しい。この日記を書いているころには、すでに定子は亡くなっているので、おそらく清少納言は宮中からいなくなっていたと思われる。「行末うたて」「人のはて、いかでかはよくはべらむ」と、二回も清少納言の将来はろくなものではないと書いている。すでに清少納言が落ちぶれてしまったことが紫式部の耳に届いていたのかもしれない。

同じように漢才がある紫式部は、自分の学問を隠し目立たないように暮らしているが、『源氏物語』の作者ということで、ひけらかさなくても才能があることが知れわたってしまっている。他人から見れば、性格が異なるとはいえ、清少納言と紫式部は、才媛であり、かたや『枕草子』、かたや『源氏物語』という後世に残る名作を書いた文学者という点で軌を一にする存在だ。ましてや、同じ一条朝における宮仕え女房として同時代を生きた。二人は、文学史上の奇跡といえる。

もしかすると、この厳しい物言いは、自分に対して向けられたものでもあるのではないだろうか。清少納言について書く前までは、やはり同じ宮仕え女房である和泉式部や赤染衛門について好意的なコメントを寄せている。

そして清少納言について辛辣な批評を行ったあと、紫式部は、自分を振り返り、そのすさんだ気持ちについて述べる。再び夫を亡くした悲しみについて言及し、将来への不安や、現在のうつうつとした思いを書き連ねる。夫が愛読していた漢籍を取り出して眺めていると、侍女たちが女のくせに漢籍なんか読んでいるから幸せになれないんだ、などとささやいている。それにあらがうこともなく、力なくそのとおりだと落ち込んでいる。清少納言と同じように、漢籍に親しむ自分の行く末もまたろくなものではない、と思っているのではないだろうか。

心の底から理解し合える人もいない、と嘆く。どうせ自分と同じ心の人はいないから面倒だと思って、だれかといっしょにいても黙ってしまっていると、風流ぶって人をばかにしていると思っていたのに意外とおっとりした人だ、などと評されてしまうと書く。

このようなざらついた思いの吐露は、人間としての心のありようについての論評に向かっていく。

ほんとうに思慮分別があるとはどういうことであるか、について筆を走らせる。人の本性というのはすべてその人の発することばの内容は、ことばの発し方にあらわれると説く。相手につらく当たられたら、それにまけないくらいつらい態度で応じるか、あるいは、つらく当たられても、腹立ちを隠しておだやかに接するかで、その人の「心のほど」がみえると書く。

とすれば、紫式部は、日記の中で、清少納言に対して辛辣なことばを発する自分の「心のほど」をみせているということになる。それはどのような「心のほど」なのだろうか。

清少納言批判の言説は、そこだけを取り出して、紫式部の清少納言に対する強いライバル意識のあらわれであるといわれることが多い。しかし、果たしてそうだろうか。批判のことばは、そのあとに続く、自己省察の言説や、人の心のありようについての考察と併せて読む必要がある。

そう考えると、清少納言に対して突き刺しているかのようなことばのナイフは、実は、紫式部が自分自身をぐさぐさと刺し貫くナイフのようにも思えてくる。他人に得意顔をすることはなく、漢文の才をひけらかすことはなくても、他人にはそのように見えてしまう。そんな自分に対する嫌悪感が、あたかも自己の鏡像であるかのような清少納言への厳しい言説となって表明されたようにも思う。その底には、女性でありながら漢籍の知識があることのどこがいけないんだ、どうせ、将来はろくなことにならないのは自分が一番よくわかっているのだから、という開き直りのようなものさえ感じられる。

3. 求道精神

『紫式部日記』の前半は、きらびやかな土御門邸や宮中の公式行事の描写に紙幅を割く。後半になるにつれ自己省察的な記述が多くなる。ここでは紫式部の道心、つまり仏教への思いについて確認してみよう。

前章で述べた「日本紀の局」とあだ名された記事に続いて、次のような求道への思いが綴られる。

いかに、いまは言忌《こといみ》しはべらじ。人、といふともかくいふとも、ただ阿弥陀仏《あみだほとけ》にたゆみなく、経をならひはべらむ。世のいとはしきことは、すべてつゆばかり心もとまらずなりにてはべれば、聖にならむに、懈怠《けだい》すべうもはべらず。ただひたみちにそむきても、雲に乗らぬほどのたゆたふべきやうなむはべるべかなる。それに、やすらひはべるなり。としもはた、よきほどになりもてまかる。いたうこれより老いほれて、はた目暗うて経よまず、心もいとどたゆさまさりはべらむものを、心深き人まねのやうにはべれど、いまはただ、かかるかたのことをぞ思ひたまふる。それ、罪ふかき人は、またかならずしもかなひはべらじ。さきの世知らるることのみ多うはべれば、よろづにつけてぞ悲しくはべる。

【口語訳】

なんと、いまはことばを慎まないでおきましょう。人がとやかくいっても、ただ阿弥陀仏に対して飽くことなく、経を習いましょう。世の中のいやなことは、すべて少しも心にもひっかからなくなってしまいましたから、聖になったとしても、怠けるはずはないでしょう。ただひたすら世をそむいても、成仏の雲に乗らない間の迷ってしまうようなことはあるでしょう。そこに出家へのためらいがあります。年齢もまた、良いほどになってきました。これ以上すごく老いぼれて、また、目がきかなくなって経を読まず、心もいっそうおっくうになってしまうでしょうから、道心が深い人のまねのようではありますが、今はただ、このようなことを考えています。ほら、罪深い人は、また必ずしも出家の思いを遂げられるとはかぎらないでしょう。前世の思い知られることばかり多いので、何もかも悲しく思われます。

「はべり」を使った手紙の文体で、とつとつと出家への思いが語られる。「言忌」とは、忌むべき言葉を発することである。ここでは、出家したいと発言することを指す。出家して仏の弟子になることは、現世を去ること、つまりは、この世に別れをつげることだったので、死ぬことを意味した。そういう意味で忌むべきことばなのである。しかし、紫式部は、今さら言忌をしないで、言いたいことを言うという。それほど、出家への思いを語らずにはいられないということだ。

しかしその決意は盤石ではない。雲に乗れないような迷いが生じるかもしれないという。煩悩が多く仏道修行に怠け心が生じる恐れがあるから、臨終に際して、極楽浄土から阿弥陀仏が雲に乗って迎えにくるときに、その雲に乗って、阿弥陀とともに浄土に行けないかもしれないという。まだまだ現世に思い残すことがあるということだろう。

とはいえ、年齢的にも出家にはちょうどいいという。お経を読むにもこれ以上年を取ると老眼が進んでお経が読めないとある。そして、出家したいなどと書くと殊勝に聞こえるかもしれないが、ただ、そういうことを考えているだけだと、潔く出家できない逡巡を書く。自分のような「罪ふかき人」は、出家して聖になることが実現しないかもしれない、というのだ。そして、現世でそんなふうになってしまうような悪い行いを前世でしてきたに違いない、思い当たるところがある、という。夫を亡くすような不幸に見舞われたのは、前世においてよほど悪いことをしたからだろうという思いがあることがわかる。だから、出家を願っても、それが許されないかもしれない。出家を願っても、弱い自分が現世にとらわれて出家の妨げになってしまうかもしれない、という。

紫式部の自己否定的な思いは、いったんそれが表明されると際限がない。

思慮深く聡明な紫式部は、人間の業や弱さを徹底的に腑分けする。どんなにきれいなことを言っても、それがうわべだけのきれいごとにすぎないとあばく。人への執着、名誉への執着、富への執着、そして、出家への執着も、道心を妨げるものだと考えたのだろう。

このような厳しい求道精神は、『源氏物語』後半の宇治十帖のテーマとかかわる。浮舟は、薫と匂宮の板ばさみになり、宇治川に身を投げ、出家する。しかし、出家しても彼女の思いはちっとも晴れない。紫式部は、宇治十帖において、現実逃避による出家は魂の救済に結びつかないことを厳しく描く。

そのような彼女の仏道に対する厳しい考え方がこの短い構文のなかによく表れている。結局、紫式部は、弱い心をもったまま、現世を迷いながら生きる道を選ぶ。

このあと、これ以上は手紙を書きませんと綴られて、だれに宛てたとも書かれていない手紙文は閉じられる。そして、そのあとは再び彰子の周りのできごとを綴っていく。彰子に第二皇子が誕生する。誕生前後の記述はなく、五十日の祝いのようすが書かれて、第二子が誕生したとわかる。

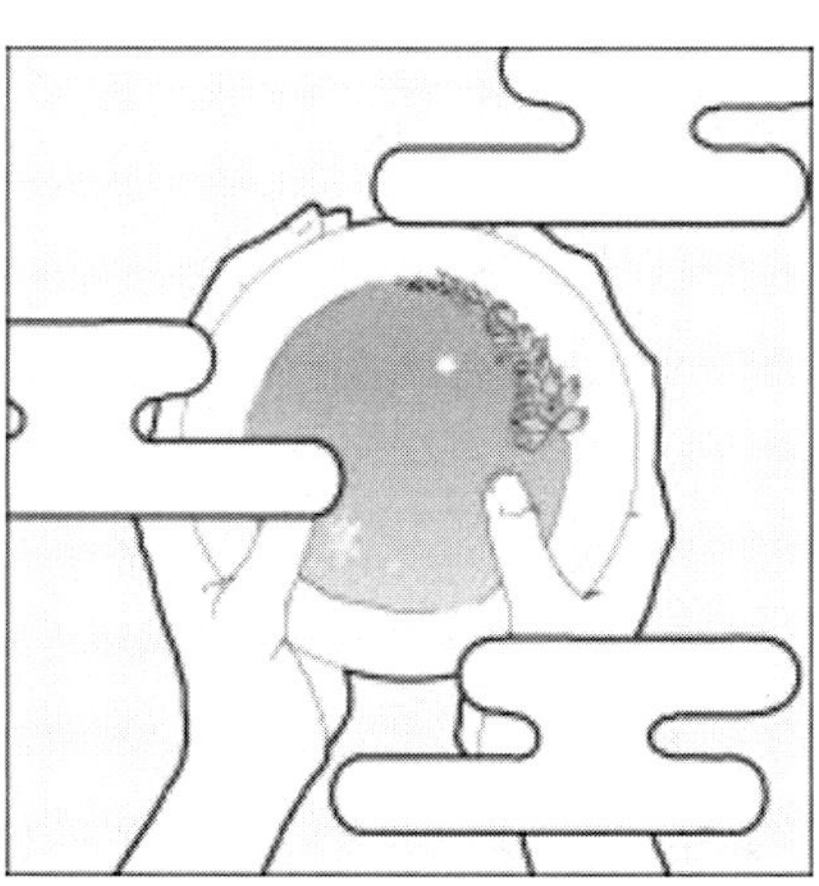

4．末尾を書いて読む

『紫式部日記』は土御門邸のしっとりとした庭の風情から起筆された。最後は彰子の第二子の五十日の祝いの記述で終わる。寛弘七年（一〇一〇）正月一五日である。冒頭から一年四か月ほど経過している。これまで読んできた『紫式部日記』の内容を念頭におきながら、じっくりと書き写してみよう。

帝、后《きさい》、御帳《みちやう》のうちに二ところながらおはします。朝日の光りあひて、まばゆきまで恥づかしげなる御前《おまへ》なり。主上《うへ》は、御直衣《なほし》小口たてまつり、宮は例の紅の御衣《みそ》、紅梅、萌黄、柳、山吹の御衣、上には葡萄染《えびそめ》の織物の御衣、柳の上白《うへじろ》の御小袿《こうちき》、紋も色もめづらしくいまめかしき、たてまつれり。あなたはいと顕証《けそう》なれば、この奥にやをらすべりとどまりてゐたり。中務《なかつかさ》の乳母《めのと》、宮抱《いだ》きたてまつりて、御帳のはさまより南ざまにゐてたてまつる。こまかにそびそびしくなどはあらぬかたちの、ただゆるるかに、ものものしきさまうちして、さるかたに人をしへつべく、かどかどしきけはひぞしたる。

【口語訳】

帝、后が御帳台のうちに御二方おそろいでいらっしゃる。朝日が光りかがやいて、まばゆいほどこちらがはずかしくなるくらい立派な午前である。帝は、御引直衣《おひきのうし》に小口袴《こぐちばかま》をお召しになり、中宮は、いつもの紅の袿に、紅梅、萌黄、柳、山吹の袿を重ねて、一番上には葡萄染めの綾織の表着をお召しになり、さらに柳襲の上白の小袿の柄も色もめずらしく当世風なものを着ていらっしゃる。あちらの方はとても目立つので、こちらの奥にそっと滑り込んでじっと座っていた。中務の乳母が、若宮をお抱き申し上げて、御帳台の間から南の方にお連れ申し上げる。しとやかで、背が高くはない顔かたちが、ただゆったりと堂々としたようすで、そのような立場で人を教えるのにふさわしい威厳のある風情である。

まとめ

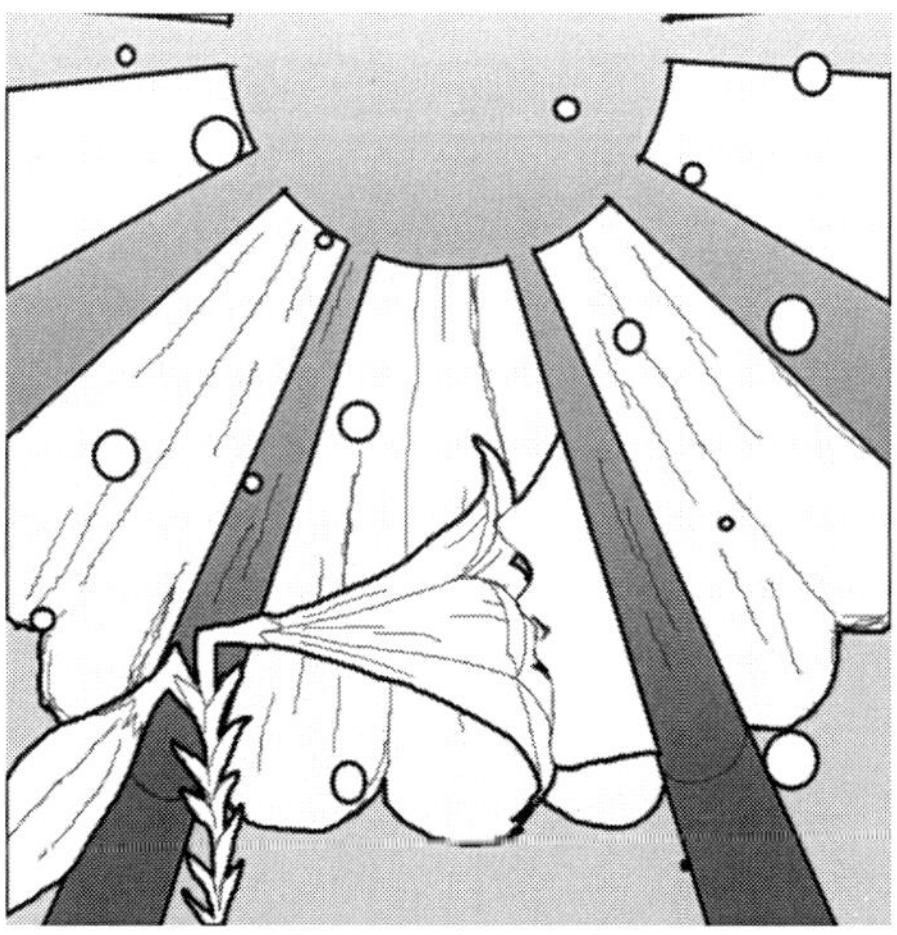

1．書写と作品理解について

『源氏物語』の「桐壺」の巻から「花宴」までと、『紫式部日記』を、書きながら読み進めていただいた。原文を忠実に書写することは、なかなか骨の折れる作業だったのではないだろうか。

現代社会では、パソコンやスマートフォンで文字を入力しながら文章を書くことが主流になっている。わたしたちは、いつの間にか、紙に向かって筆記用具を手にもって、文字を書くという作業から遠ざかってしまった。手書きで美しく丁寧に書こうとすると時間がかかるし、肩も凝る。手も汚れる。

また、最近では、パソコンにもスマートフォンにも音声入力のシステムが導入されており、キーボードに向かって手を使って文字を入力しなくても、すらすらと文章が書ける。その方が、早い。

文字を手で書いていたころは、手が覚えているということがあった。書けない漢字を調べたり、書き間違えて書き直したりすることで、正しい文字遣いを覚えた。

文字を手で書いていたころに比べて、わたしたちは、明らかに漢字を書けなくなっている。少しずつ記憶の中から漢字が消えていっている。ぽろぽろと消えてしまっているのは、漢字だけだろうか。

小さい子どもは、文字を覚えると実にうれしそうである。得意げに、自分の読める字を読んでくれたり、書ける字を書いてくれたりする。「の」が左右ひっくりかえっていたり、「く」の向きが逆だったりして、書いた文字は正確ではないかもしれないが、天下をとったように喜んで文字を書く。自分にもそんなふうに、純粋に、ただ文字を書くことがうれしかったころがあったとは信じられない。

文字を書くことは、頭の中の思考を紙の上におろしていく作業である。同じように、本を書きながら読むことは、本に書かれたことがらを紙の上におろしていく作業である。わたしたちの思考も、本の内容も、それ自体にはかたちがない。ところが、それを紙に書くと、そこに文字が現れ、思考や本の内容が見えるものになる。紙に筆記用具を使って文字を書き下ろす作業によって、思考や本の内容が三次元的な物体になるともいえる。

紙に書かれた文字で表現された思考や本の内容は、その人だけの固有のかたちである。そこにひとつの表現があるともいえる。千年前に生きた紫式部が考えたこと、表現したことが、みなさんの手によって、新しい三次元のかたちを獲得したのである。

改めて、自分が書いた文字を眺めてみよう。意外とていねいに美しい文字で書写したなと、思われるだろうか。疲れが文字にあらわれているようなところもあるかもしれない。慣れてくるにしたがって筆圧も変化しているかもしれない。

第一章、「桐壺」の巻を書いていたころ、何を思っていただろうか。季節はどんなふうだっただろうか。どこで文字を書写していたか、思い出してみよう。そして、最後の『紫式部日記』の末尾を書読したのはつい最近のことだろうか。あるいは、少し前のことだっただろうか。書き始めたころとで、何か変化したことはあるだろうか。新たに気づいたことがいくつもあったならそれはとても喜ばしいことだと思う。

書写することで形をもらった本の中身は、これからもいろんなことを訴えてくるだろう。あるいは、もっとほかの箇所も書写したいと思ったかもしれない。二度とこんなめんどうなことはしたくないというむきもあるだろう。

こんなめんどうなことに最後までおつきあいいただいたことに感謝の気持ちでいっぱいである。そして、書読をとおして、みなさんが三次元におろしてくださった古語のかけらが、紙の上にかたちとなって転がって、楽しそうにしているとしたら、こんなうれしいことはない。それは、まぎれもなく、偉大な紫式部の思考であり思いなのだ。

『源氏物語』は長大である。『紫式部日記』は難解である。どちらも口語訳を読んでも、なかなか意味がわからなかったり、具体的にイメージできなかったりするかもしれない。しかし、書読によって、音読したり黙読したりするよりも、間違いなく、紫式部の表現に近づくことができたはずである。頭の理解は遅いかもしれない。自分の手の記憶を信じてみよう。

2．紫式部の表現の魅力

紫式部は打消しの語をよく使う。しかも、ひとつの文の中に打消しの語を重ねて使うことがしばしばある。また、反語表現も多い。これまで読んできたとおり、『源氏物語』にも『紫式部日記』にも、二重否定や反語表現がたくさんあった。それが、作品を難解なものにしていた。

「ず」と「ぬ」は打消しの助動詞である。「じ」は打消推量・打消意志なので、「〜ではないだろう」「〜ではあるまい」となる。「で」「に」「のに」「ものの」「ながら」「ど」など、上に書かれた語を打ち消しながら、次に続いていく逆接の助詞も多い。

「か」「や」が、反語表現を表す場合には、「〜だろうか、いや〜ではない」と、意味がひっくりかえる。

「〜ましかば〜まし」は、反実仮想という用法である。現実を否定して、それとは反対のことを仮に想定しておいて、現実を伝えるという屈曲した表現だ。

少し『源氏物語』の本文に戻って、二重否定や反語表現の実際をみてみよう。

「帚木」の巻で空蝉と一夜を共にした光源氏が、そのあと、せっせと空蝉に手紙を書くが、空蝉はいっこうに返事をしない。そのときの空蝉の思いが、次のように書かれる。

ほのかなりし御けはひのありさまは、げになべてにやはと、思ひ出《い》できこえぬにはあらねど、をかしきさまを見えたてまつりても何かはなるべきなど思ひ返すなりけり。

【口語訳】

ほのかに感じた御気配のようすが、ほんとうに普通だろうか、いや、そうではないと、思い出し申し上げないのではないが、風情があるようすをお見せ申し上げてもどうしてどうにかなるというのか、いや、ならないなどと、思い返すのであった。

空蝉の思いが、反語を重ねて表現される。「なべてなり」は普通である、という意味だ。そこに副詞「げに」と疑問の助詞「やは」を添えて、「ほんとうに普通だろうか、いや、普通ではない」と光源氏のようすが並々ではないことを表す。反語によって光源氏が人並み外れた美しさと存在感で空蝉を圧倒したことを伝える。

また、「かは」という反語を表す語が、推量の助動詞「べし」の連体形と呼応して、「何になるというのだろうか、何にもならないだろう」と、直前に述べたことを否定する。直前に述べたこととは、自分が光源氏に好かれようと「をかしきさま」にふるまうことである。自分がたとえどんなふるまいをしたとしても、光源氏に好かれるはずもない、そんなことは意味がない、と強く否定している。しかし、行間には、もし自分が風情のあるようすをみせたら、どうなっていただろうか、光源氏に好ましい女だと思われることがあっただろうか、なかっただろうか、と気持ちが光源氏に向かっていくのを抑えようもないようすを読み取ることができる。

そして、「思い出できこえぬにはあらねど」というところは、「ぬ（打消しの助動詞「ぬ」の連体形）」と「ね（打消しの助動詞「ぬ」の已然形）」を使った二重否定である。空蝉は、光源氏のようすを、思い出さないわけではない、と書かれる。つまり、思い出す、ということだ。ストレートに、光源氏のことを思い出している、と書くのと、光源氏のことを思い出さないわけではない、と書くのとではどう違うだろうか。後者には、「思い出さない」といういったん打ち消す表現があって、それが否定される。空蝉は、夫のある身である。光源氏と一夜をともにしたことは明らかに過ちである。だから、思い出してはいけないし、思い出さない方がいい。つまり、忘れた方がいいことなのだ。しかし、それができない。思い出してしまうのである。忘れられないのである。二重否定によって、こうあるべきであるという考えと、それが抑えられないという感情とがぶつかり合う空蝉の苦しい胸のうちを伝えられる。

口語訳で読んだのでは、屈折した原文の趣やトーンが伝わりにくい。反語の返しの部分をいちいち訳してしまうと、まわりくどく、興ざめな感じがする。かといって、二重否定や反語を肯定文に意訳してしまったら、ニュアンスが違ってくる。やはり、原文で読んでこそ伝わるものがある。

紫式部の文体には、このような表現がいたるところにあって、わかりにくい。しかし、そのわかりにくい表現にこそ、紫式部の文体の奥行きがあるのではないだろうか。二重否定や反語によってしか表現できない人物の思いがそこに確かに表現されている。

書き写す作業によって、どこに打消しの語が使われているか、ということに注意を払うことができる。口語訳を読んだだけでは、細かい助動詞や助詞がどう作用して文意を決定しているかということになかなか気づけないだろう。

打消しの語や反語の多用は、紫式部が、常にいろいろな選択肢や可能性を念頭におきながら、思考し、表現していたことを物語る。ああだろうか、こうだろうか、ああかもしれない、こうかもしれない、と、ひとつの事象やひとりの思いを全方位的に捉えようとしていたように思う。ことばで表現できることと、ことばでは表現できないことがある。打消しの語や反語を重ねて、紫式部がああでもないこうでもないと考え、作り上げた表現からは、表現されていない思いや考えを読み取ることができる。そこに紫式部の表現の最大の魅力があると思う。

あとがき

この本を書きながら、なぜか、繰り返し、亡くなった両親、舅・姑のことを思い出した。ときには、後悔の念で胸が押しつぶされそうにもなったし、ときには、ありがたさが身に染みて心がふるえた。なぜだかわからない。

『源氏物語』は光源氏の母の死を描くところから物語がスタートする。『紫式部日記』には何度も夫を亡くしたときの思いが綴られる。だからかもしれない。

『源氏物語』についても『紫式部日記』についても、紹介したい表現やエピソードはほかにもたくさんある。また、わたし自身の読みもまだまだ不充分なところだらけだ。これからもずっとずっと紫式部のことばに耳をすましていきたい。

今回も、世音社の柏木一男さんと古川来実さんに大変お世話になった。こころから感謝申し上げる。

二〇二二年一二月

平林　香織（ひらばやし　かおり）
1959年、宮城県仙台市生まれ。
東北大学大学院文学研究科国文学専攻博士後期課程満期退学。
長野県短期大学多文化コミュニケーション学科、岩手医科大学教養教育センターを経て、現在、創価大学文学部人間学科教授。博士（文学）。連句結社猫蓑会理事（副会長）。日本連句協会理事。
専門は、近世文学、とくに、井原西鶴の浮世草子研究と江戸時代後期の大名文芸の研究。
著書『誘惑する西鶴　浮世草子をどう読むか』（笠間書院、2016年）
　　『文学史の向こう側』（世音社、2020年）、
編著書『大名文化圏における〈知〉の饗宴』（世音社、2020年）など。

表紙イラスト　挿画
セキミワ

書いて読み解く「紫式部」
発　行　2023年1月21日　初版第一刷
編　者　平林香織
発行者　柏木一男
発行所　世音社
〒173-0037　東京都板橋区小茂根4-1-8-102

印刷所 モリモト印刷

ISBN978-4-921012-58-8　C0095